貞姬(末淑)에게

남아 있는 날의
꿈과 사랑을 위하여

장 재 화   제 5 수 필 집

매일 별거하는 부부

좋은땅

책머리에

수필이라는 문학 세계에 들어선 지 60년이라는 세월이 꿈처럼 흘러
갔습니다. 그런데도 글을 쓰다 말고 망설이는 일이 갈수록 늘어나고
있습니다. 능력의 한계 때문이지요. 하지만 얻는 것보다는 잃는 것이
더 많은 나이에 이나마 건질 수 있음을 고마워합니다.

글을 쓸 수 있어 행복하니까요.

팔순(八旬)을 맞아 다섯 번째 수필집을 펴냅니다. 수필집을 발간한
다는 것은 인생의 한 부분을 정리하는 것과 같습니다. 정리 없이는 새
로운 시작도 없습니다. 그러기에 수필집 발간을 통한 '정리'와 '새로운
시작'은 동의어가 됩니다.

독서는 필자와 독자가 함께 떠나는 여행입니다. 그 여행길 어느 모
롱이에서 지금까지 모르고 있었던 새로운 나를 발견하기도 합니다.
그때 만나게 되는 나는 어떤 모습일까요.

풀어야 할 또 하나의 숙제입니다.

2023년 봄, 山井 장재화

차례

1부

그리움 그리고 사랑

아내의 손을 처음 잡아 본 것은
결혼 일주일 전이었다.
그때도 아내는
고개 숙인 사랑초처럼 부끄러워했다.
그렇다.
수줍음에서 시작하여 기쁨으로,
기쁨에서 행복으로 이어 가는 것이
사랑의 방정식이다.

혼의(魂衣)

장롱에서 뭔가를 찾고 있던 아내가 나지막하게 탄성을 질렀다. 웬일일까 돌아보았더니, 우리 결혼식 때 아내가 입었던 혼례복을 펼쳐 놓고는 감회에 젖어 있다. 세월의 흔적이 고스란히 묻어 있긴 했지만 연분홍 치마저고리는 아직도 정갈했다.

"당신도 참 어지간하다. 그걸 아직도?"

"어떻게 버려요. 저세상 갈 때 내가 입을 옷인데."

아내가 스스럼없이 말했다.

"저승 갈 때 입어? 이 사람, 자기가 무슨 조선시대 여자라고…."

콧날이 시큰해진 나는 시선을 돌리며 얼버무린다.

결혼 날짜는 정해졌지만 아내는 예식장에서 대여해 주는 웨딩드레스를 부담스러워했다. 이 드레스를 입고 식을 올린 수많은 신부들, 그녀들이 걸었을 각양각색의 인생행로, 그 흔적이 묻어 있는 옷은 차마 입지 못하겠다는 것이다. 그렇다고 해서 터무니없이 비싼 웨딩드레스를 따로 맞출 수도 없는 일. 궁리 끝에 신랑 집에서 혼수로 보낸 한복에 손수 만든 면사포를 쓰고 식을 올렸다. 지금 그 옷을 꺼내들고 새

매일 별거하는 부부

삼 감회에 젖어 있는 것이다.

찾은 것은 또 있었다. 신혼 시절 아내와 내가 함께 베고 누웠던 원앙침의 베갯잇과 베갯모. 세 아이의 배내옷도 보인다. 어디 그뿐이랴, 신랑 집에서 신부 집으로 보낸 사성이며 혼서지까지도 보관하고 있었다. 저 베개를 베고 잠들 때마다, 아이들에게 배내옷을 입힐 때마다 아내는 얼마나 아름다운 꿈을 꾸었을까.

　북망산천 멀다더니 문턱 너머 북망일세
　어화 넘차 너화

사랑하는 사람을 떠나보낸 유족의 마음을 위로함인지 선소리꾼과 상여꾼의 목소리는 낭랑하다.

만장(輓章)의 뒤를 따라 영정과 상여, 그 뒤를 혼교(魂轎)가 따른다. 혼교는 고인이 생전에 입었던 의관을 담아 가는 교자를 말한다. 그리고 장례가 끝나면 혼교에 담겨 있던 옷, 즉 혼의(魂衣)를 불태워 망자의 영혼과 함께 하늘로 보낸다.

영혼도 옷을 입을까? 그렇다면 염습할 때 입히는 수의가 저승 문을 넘을 때 입는 옷이라면 혼의는 영혼이 입는 통상복일지도 모른다.

'수의(壽衣)는 명주나 삼베'라는 인식이 보편화되어 있는 요즘이지만, 옛 문헌을 살펴보면 꼭 그렇지만은 않았다. 태종의 비(妃) 원경황후의 수의는 당신이 즐겨 입던 관복이었고, 세종 때 좌의정을 지낸 허조도 "내가 죽은 후엔 수의를 따로 만들지 말고 어머니께서 지어 주신

옷으로 염습하라.”는 유언을 남겼다.

그뿐이랴, 대부분의 여인들은 원삼(圓衫)을 챙겨 두었다가 수의를 대신했다. 원삼은 조선시대 여인들이 혼인할 때 입었던 예복이니 지금 아내가 꺼내 놓은 한복도 일종의 원삼 아닌가. 그러니 조선시대 여인이라는 나의 표현이 그다지 틀린 말은 아니다.

다시 조선시대의 여인 이야기. 조선 전기까지만 해도 여인의 이혼과 재혼이 가능했다. 기별명문(棄別明文)이라는 일종의 이혼장에 도장을 찍으면 이혼이 성립되었고 재혼도 허락되었다. 그러나 성종 때, 경국대전에 과부재가금지법이 추가되면서 여인들의 암흑기가 시작된 것이다.

그 암흑기의 여인들은 남편에게 매를 맞아도, 시어머니의 구박이 아무리 자심해도 이혼은커녕 친정으로 돌아갈 수도 없었다. 설혹 돌아간다고 해도 환영받지 못했다. 죽어서도 시집 귀신이 되어야 했기 때문이다. 재혼이 허락되지 않았기에 과부가 되어도 사정은 나아지지 않았다.

‘시집 귀신’ 듣기에는 조금 섬뜩하지만 그리 나쁜 말은 아니다. 이승에서 한 몸처럼 살았다면 저승에서도 그리함이 불가(佛家)에서 말하는 삼생(三生)의 인연이자 해로동혈(偕老同穴)의 언약 아닌가. 그런데도 황혼 이혼이 점차 늘어나는 추세란다.

얼핏 생각하면, 잘난 여자와 잘난 남자가 만나면 완벽한 결혼이 될 것 같지만 그건 아니란다. 서로 잘났기에 수시로 부딪치고 그 충격으로 쉽게 깨어진단다. 그렇다면 조금쯤 못난 사람과 뭔가 부족해 보이는 사람이 결혼하면 어떨까.

그들은 작은 일에도 기뻐하고 감동한다. 상대의 결점을 자신의 장점으로 채워 줄 줄도 안다. 스스로 부족하다고 느끼는 남편은 아내를, 아내는 남편을 가엽게 여긴다. '나보다 잘난 사람 만났으면 지금보다 더 행복할 텐데.'라는 측은지심에서 서로 위하고 아낀다. 그게 행복인 줄 안다.

아내와 내가 부부된 지 45년, 돌아보면 '무언가 조금 모자라 보이는 부부'의 전형이다. 그래선지 용광로 속의 불처럼 뜨겁기보다는 질화로의 재 속에 묻힌 숯불처럼 은근한 사랑을 나누며 살아왔다.

호사스러울 것도, 그렇다고 해서 초라할 것도 없는 평범한 일상의 연속. 가끔은 아무것도 아닌 일로 티격태격 다투기도 하고, 또 가끔은 토라져서 돌아눕기도 했지만 언제 그랬냐는 듯이 히히거렸던 철부지 같은 나날들. 하지만 그렇게나마 평온을 유지할 수 있었던 것은 '아내 뒤에는 내가, 내 뒤에는 아내가 있다.'는 단순한 믿음 때문이었다.

세상의 어느 여인이 호사스러운 생활을 마다할까. 공주처럼 떠받들어 줄 능력 있는 남편이 왜 싫을까. 그 오랜 세월을 보내는 동안 마음에 쌓인 앙금이 왜 없을까마는 그런저런 서운함 모두 내려놓은 채, 인생의 가장 아름다웠던 날에 입었던 옷을 입고 먼 길 떠나리라 마음먹은 아내는 시집 귀신이 되겠노라 마음을 굳힌 모양이다.

아내의 마음이 그렇다면 나 역시 결혼할 때 입었던 양복을 입고 떠나야 함이 마땅할 터. 하지만 버린 지 이미 오래되었으니 이를 어쩜담.

그리움에 대한 단상(斷想)

딸기

아들이 군에 입대한 지 한 달쯤 되었을 때니까 아주 오래전 이야기다.

딸기 맛을 보고 싶다며 과일 가게에 갔던 아내가 빈손으로 돌아왔다. 훈련받느라 땀범벅이 되어 뒹굴고 있을 아들을 생각하니 차마 살 수 없더란다.

"그 애도 딸기를 많이 좋아하거든요. 그런데 어떻게 우리만 먹어요."

그날 밤, 좀처럼 잠을 못 이루는 아내에게 물었다.

"애 생각이 나서 그래?"

"아뇨, 엄마 생각이 나서 그래요. 엄마도 딸기를 좋아하셨는데…."

친정어머니와 아들, 두 사람 다 좋아한 딸기였다. 하지만 과일 가게 앞에 섰을 때, 집 떠난 지 한 달밖에 안 되는 아들 생각은 간절했지만 돌아가신 엄마 생각은 나지 않더란다.

내 자식 품기 바빠서 엄마에게 너무 소홀했다는 자책도 뒤따랐다. 내가 내 자식을 품에 안았듯이, 엄마도 나를 품고 사셨을 게다. 그런데도 그 마음을 헤아리지 못한 날이 너무 많았단다. 눈시울을 붉히며 아내가 물었다.

"나 나쁜 사람이죠?"

"당신만 그런 게 아니야. 나도 마찬가지인걸."

치사랑보다는 내리사랑이 더 진한 게 부모 마음이다. 그래서일까. 부모님께 잘못한 일은 돌아가시고 난 후에야 마음 아파하는 경우가 허다하다.

그리움의 농도는 세월이 흐를수록 짙어 가는 것일까. 옅어지는 것일까. 장모님 가신 지 어느새 27년, 그분과의 추억은 희미해져 가지만 잘해 드린 일보다는 서운하게 해 드린 일이 더 선명하게 떠오른다.

뒤늦게나마 엄마 마음을 이해할 수 있게 되었음일까. 아니면 추억을 더듬다 보니 마음에 걸리는 일이 많아서 그럴까. 아내는 우리 자식들에 대해서는 비교적 너그럽다. 다소 섭섭한 일이 있더라도 스스로를 위로한다.

"나는 엄마에게 뭘 잘했다고, 그 흔한 외식 한 번 제대로 시켜 드리지 못했는데…."

그런저런 생각 때문일까. 잠 못 들어 뒤척이는 아내를 어린아이 잠재우듯 토닥거려 준 밤이었다.

쑥떡

지난해 겨울, 장모님 기일(忌日)을 맞아 산소에 들렀더니 봉분이 내려앉아 있었다. 아연실색하는 아내, 관리인을 불러 이유를 물어보니 모신 지 오래되어 관이 삭아서 그렇단다.

발치께에는 잡목도 한 그루 뿌리를 내리고 있다. 하지만 아무 준비도 없이 왔으니 손볼 방법이 없다. 돌아서면서 아내가 약속했다. "엄마, 내년 봄 따뜻한 날에 와서 손봐 드릴게요."

그 이듬해 봄, 장모님께 한 약속을 지키기 위해 아내와 아들을 앞세워 다시 산소를 찾았다. 단출하지만 정성이 깃든 제수 음식, 봉분의 꺼진 부위를 덮기 위한 몇 포대의 흙, 삽과 톱, 그리고 잡목을 없애기 위한 제초제도 준비한다.

산소에 도착한 아들과 나는 곧바로 봉분을 손질하기 시작했다. 내려앉은 부위를 흙으로 메우고 그 흙, 바람에 날아가지 않도록 단단히 두들긴 뒤 물을 뿌려 준다.

제멋대로 자란 잡목을 베어 내고 줄기와 뿌리에 제초제를 듬뿍 바른다. 이 정도면 다시 싹틀 엄두도 못 내겠지. 그러자 무덤은 옛 모습을 되찾았다. 아내의 얼굴에 퍼지는 희미한 미소.

일을 끝낸 우리는 제사 음식을 차리기 시작했다. 그런데 헌작(獻爵)도 하기 전에 아내가 절부터 먼저 한다. 나는 잔을 채우다 말고, 일흔여섯 나이에 세상을 떠나가신 어머니 무덤 앞에 엎드린 일흔두 살의 딸을 가만히 지켜본다. 아내의 마음은 그만큼 절절했나 보다. 그리움 때문이리라.

장모님과 작별하고 돌아 나오자 고목이 그림자를 드리우고 있는 넓은 풀밭이 보였다. 그 초록 밭에 지천으로 자라고 있는 쑥, 그야말로 쑥밭이다. 아내가 반색을 하며 쑥을 캐잔다.

"너무 웃자라서 못 먹어." 내가 심드렁하게 대꾸하자

매일 별거하는 부부

"쑥국 끓일 게 아니라 쑥떡할 거예요. 엄마가 얼마나 좋아하셨는지 몰라요."

쑥밭이라 그럴까. 잠시 캐었는데도 바구니가 넘친다.

만족한 얼굴로 일어선 아내.

"쑥떡해서 우리 다시 와요. 엄마도 맛보시게."

김부각

아내의 생일이 가까워 오면 미국에 있는 딸과 사위가 보낸 선물이 도착한다. 아내의 화장품과 영양제. 내가 쓸 전기면도기며 지갑과 혁대, 그리고 아내와 나의 등산복이 들어 있다.

선물 받을 때는 즐겁다. 그러나 보낼 때는 곤혹스럽다. 무얼 보내야 할지 망설여지기 때문이다. 아내는 나에게 딸의 의중을 알아봐 달란다. 나는 필요한 것, 받고 싶은 물건 있으면 미리 알려 달라고 이메일을 보낸다.

딸은, 그곳 한인마트에 가면 필요한 게 다 있으니 신경 쓰지 말란다. 그렇다고 해서 그냥 지나갈 수도 없다. 나는 딸의 시와 수필이 실려 있는 문예지를 챙기고 아내는 마른 미역이며 황태포, 참깨, 고춧가루, 김 등등 그 애들이 필요하겠다 싶은 음식 재료를 꾸려 넣으며 딸과 사위에 대한 그리움도 함께 담는다. 그리움도 세월이 흐르면서 일상이 되는 모양이다. 그러고도 남는 자리에는 김부각을 넣었다.

소포를 받은 뒤 '잘 받았다. 잘 먹겠다. 소포 붙이느라 수고하셨다.' 는 딸의 인사말 뒤에 사위가 쓴 추신이 붙어 있었다.

'아버님 김부각이 너무 좋았습니다.'

아마 맥주 안주로는 별미였나 보다. 나는 곧바로 답장을 보냈다.

'다음에는 김부각만 보낼게.'

사랑초

신라 42대 흥덕왕은 사랑에 관한 한 비운의 왕이었다. 왕위에 오른 지 겨우 두 달 만에 사랑하던 아내 정목왕후가 사망했기 때문이다.

흥덕왕의 재위 기간은 11년. 그 많은 날들을 보내는 동안 오로지 먼저 떠난 왕비만 그리워하며 살았다. 궁궐의 수많은 궁녀 중 누구도 가까이 하지 않았고 심지어는 수발도 내시들이 들게 했다.

당나라에 사신으로 갔던 신하가 앵무새 한 쌍을 선물로 바치자 흥덕왕은 앵무새 노는 모습을 보며 자신의 외로움을 달랜다. 얼마 후, 암컷이 죽고 홀로 남은 수컷이 애처롭게 울자 왕은 새장 안에 거울을 넣어 주었다. 거울에 비친 제 모습을 보고 암컷이 돌아온 줄 알고 즐거워하던 수컷은 그게 허상임을 알고는 더 슬피 울다 죽었단다. 왕비를 잃은 흥덕왕의 마음이 그렇지 않았을까. 왕은 앵무새의 애절한 모습을 보며 노래를 지었으니 곧 〈앵무가〉다. 그러나 제목만 전해 올 뿐, 내용은 실전되어 우리로 하여금 그 절절한 마음을 미루어 짐작케 할 뿐이다.

앵무새가 죽은 후, 더욱 외로움에 빠진 왕을 보다 못한 신하들이 후비를 들이라고 권유했지만 단호하게 거부한다. "새도 제 짝을 잃은 슬품을 못 이겨서 괴로워하는데, 하물며 현숙한 아내를 잃은 내가 어찌 새로 장가를 들겠는가."

왕은 세상을 떠나면서 "나 죽은 뒤 왕비와 합장해 달라."는 유언을 남긴다. 그리고 이 능에 왕비와 같이 묻혀서 이승에서 못다 한 사랑을 나누고 있다.

경주시 안강읍에 자리한 흥덕왕릉을 찾았다. 봉분을 둘러싸고 있는 십이지신상. 문인석과 무인석. 네 마리의 돌사자가 호위하듯 버티고 있는 흥덕왕릉은 왕비와 합장한 탓인지 신라의 왕릉 중에서 가장 규모가 크다. 그러나 왕릉을 더욱 운치 있게 꾸미는 것은 봉분 옆 소나무 숲이었다.

주위를 둘러보던 나는 소나무에 몸을 기댄 채, 주름지고 갈라진 표피에 귀를 대어 본다. 현실일까 환청일까. 신기하게도 물 흐르는 소리가 들린다. 바람 소리도 들린다. 흥덕왕이 사랑하는 아내의 귀에 속삭였음 직한 사랑의 밀어도 들리는 것 같다. 그 소리는 천년의 세월이 흘러가는 소리였다.

그 소리를 음미하며 다시 걷는다. 그러다가 발을 멈춘다. 왕릉 옆에 놓여 있는 작은 사랑초 꽃분을 보았기 때문이다. 흥덕왕릉과 사랑초…. 왕의 지극한 사랑에 감동한 누군가가 가져다 둔 모양이다. 사랑초의 꽃말은 '나는 당신을 버리지 않겠어요.'다. 참으로 흥덕왕과 왕비의 아름다운 사랑에 걸맞은 꽃말 아닌가.

우리 집의 작은 베란다. 화분에 심어 둔 사랑초가 꽃을 피웠다. 몇

매일 별거하는 부부

해 전, 아파트 출입문 옆에 줄기며 잎이 시들어 버린 초라한 화분 하나가 놓여 있었다. 안쓰러워서 집에 가져와 돌보기 시작했다. 내친김에 거칠고 메마른 흙을 버리고 자양분 가득한 새 흙으로 갈아 주자 죽어 가던 잎에 생기가 돌더니 땅을 헤집고 새싹도 움튼다. 작은 보살핌이 새 생명을 탄생시킨 것이다.

그뿐이랴, 하트 모양의 잎 사이로 실낱같이 가느다란 줄기가 뻗어 오르더니 그 끝에 창백하리만큼 옅은 분홍색 꽃이 피어 수줍은 듯이 고개를 숙였다. 그러나 꽃에 비해 검붉은 잎은 투박하고 억세다. 마치 연약한 꽃을 보호하겠노라고 다짐하는 호위무사 같다. 사랑은 지켜 줄 수 있을 때 아름다운 법이니까.

사랑초는 사철 꽃을 피워 변함없는 아름다움을 과시한다. 사랑이란 늘 한결같아야 함을 강조하는 것 같다. 그렇다고 해서 꽃과 잎이 언제나 풍성한 것은 아니다. 어쩌다가 딴 꽃으로 관심을 돌려 외면하기라도 하면 시무룩해져서 꽃도 잎도 볼품이 없어진다. 그러나 다시 주의를 기울여 돌보면 언제 그랬냐는 듯이 풍성해진다. 그 모양새가 권태기에 이른 부부 같다.

권태기. 가끔은 대수롭잖은 일로 티격태격 다투고, 토라져서 돌아눕고, 더러는 '내가 왜 이 사람과 결혼했을까.' 회의에 빠지기도 한다. 지금까지 몰랐던 상대의 결점을 발견하여 실망했기 때문이다.

하지만 세상에 결점 없는 사람이 어디 있을까. 단점을 들추어 탓하기보다는 나의 장점으로 너의 단점을 덮어 주면 또 어떨까. 그러노라면 서로에게 지워진 짐이 한결 가벼워질 텐데. 사랑의 자양분은 아끼고 배려하는 마음이니까. 그런 의미에서 권태기란, 사랑의 끝이 아니라 새로운 시작이다. 새삼 서로를 알아가는 또 하나의 과정이다.

혼인 날짜까지 잡아 둔 사이였지만 내가 아내의 손을 처음 잡아 본 것은 결혼 일주일 전이었다. 그때도 아내는 고개 숙인 사랑초 꽃처럼 부끄러워했다. 그렇다. 사랑은 그렇게 수줍음에서 시작하는 것. 수줍음에서 시작하여 기쁨으로, 또 기쁨에서 행복으로 이어 가는 것이 사랑의 방정식이다.

결혼 45주년이면 산호혼식이란다. 산호처럼 아름다운 시절이란 뜻일 게다. 그날을 맞아 지나온 날을 돌아본다. 넉넉할 것도 초라할 것도 없는 평범한 일상의 연속이다. 때로는 그런 삶이 지겨워서 짜증 내던 때도 있었지만 나이가 우리를 철들게 했다. 그래서 요즘은 더도 덜도 말고 지금처럼 서로 아끼며 살고 싶다는 소박한 욕심 속에서 산다.

지리산 뱀사골에서 열린 고로쇠 축제. 축제에 참석한 아내와 나는 깊디깊은 골짜기에 숨어 있는 와운 마을을 찾아, 천년을 같이 살았다는 부부송(夫婦松) 가지에 소원목을 매달았다. 그 나무 패널에 쓴 우리 부부의 소원은 '늘 오늘처럼'이었다.

매일 별거하는 부부

상수동행(上壽同行)

부처님의 진신사리를 봉안하고 있어 불보 사찰로 불리고 있는 양산 통도사에서 나의 마음을 사로잡는 것은 경내의 무풍한송로(舞風寒松路)다. 우리나라에서 가장 아름다운 숲길로 선정된 이 길은 통도사 산문(山門)에서 시작하여 청류교(淸流橋)까지 이어지는 사색의 공간이다.

길 왼쪽은 옥수같이 맑은 물이 흐르는 아름다운 계곡. 계곡과 길 사이에는 노송이 위풍당당 줄지어 서 있고, 길 오른쪽은 울울창창한 소나무 숲이다.

수석을 어루만지며 속삭이는 시냇물 소리, 숨어서 재잘대는 새소리, 나뭇잎과 가지를 흔들며 수런거리는 바람 소리. 그리고 숲 뒤로는 다섯 개의 낮은 봉우리와 부드러운 능선이 절집을 옹위하듯 둘러싸고 있다. 그 풍광에 반했음일까. 이 길은 불자들이며 유산객들의 사랑을 듬뿍 받고 있다.

무풍한송로를 걷는 사람들의 면모는 다양하다.

명상에 잠긴 채 혼자 걷는 사람이 있는가 하면, 소곤소곤 밀어를 나누며 걷는 연인들의 모습도 보인다. 거동이 불편한 노인들은 지팡이에 의지하며 걷다 쉬기를 반복하고, 중년의 남자들이 걸걸한 목소리로 담소를 나누기도 한다. 때로는 엄마 아빠를 따라온 아이들이 깔깔거리며 뛰어다니고, 왁자지껄 떠들썩한 관광객들이 정적을 깨기도 한다.

하늘이 너무 맑다거나 어디론가 떠나고 싶을 때, 또는 무언가 아쉽고 허전한 마음이 들 때면 아내와 나는 무풍한송로를 찾는다. 이 길에서는 침묵이 어울린다. 바람 소리에 귀 기울여도 좋고, 시냇물과 대화를 나누어도 좋기 때문이다. 그래서일까. 아내와 나도 이 길에서는 말을 아낀다.

아는 사람을 만나면 가벼운 묵례로 인사를 대신하고, 명상에 잠긴 채 산책하는 스님을 만나면 "성불하세요." 인사를 나눈다. '성불(成佛)' 그것은 불교가 지향하는 궁극적인 목적이다. 따라서 '성불하세요.'는 이 길과 가장 어울리는 인사말이 된다.

무풍한송로는 울창한 소나무가 터널처럼 길을 덮고 있어서 사람들은 그늘 속의 산책을 즐긴다. 그러나 어떤 곳은 터진 나뭇가지 사이로 햇볕이 쏟아진다. 마치 별천지 같다. 그 빛 속으로 들어서면 지금까지 없던 그림자가 짙게 드리운다.

아내와 나, 둘 중 누군가가 한 발짝 앞서거나 뒤처지면 그림자도 둘이 되지만 나란히 걸으면 그림자도 하나 되어 따라온다. 그렇게 되면 너와 나의 구분이 없어진다. 저 그림자는 내 그림자일까. 아니면 아내의 그림자일까. 아니, 그건 우리 그림자다. 부부는 일심동체니까. 아내가 말없이 내 손을 잡는다. 손잡음. 그것은 이심전심의 또 다른 비법이다.

매일 별거하는 부부

길의 중간쯤에는 목마른 산책객을 위한 약수터가 마련되어 있고 쉬어 갈 수 있는 정자까지 세워져 있다. 우리도 잠시 쉬어 가기 위해 정자 안으로 들어간다. 아내가 보온병과 잔을 꺼내 커피를 따른다. 뜨겁다. 아내와 나는 호호 불어 가며 나누어 마신다. 그 모습을 맞은편에 앉아 지켜보던 초로의 여인이 말했다.

"참 행복해 보이네요."

커피 한잔으로 행복해질 수 있다면, 또 행복하게 보일 수 있다면 행복을 너무 먼 곳에서 찾을 필요는 없을 것 같다. 일상에서 느끼는 따뜻함이 바로 행복이니까.

결혼에 대한 서양의 격언 하나.

"결혼은 자기와 비슷한 사람과 해야 한다. 자기보다 뛰어난
사람은 반려자가 아니라 주인이 되기 때문이다."

요모조모 따져 보아도 더할 것도 덜할 것도 없었던 아내와 내가 부부의 연을 맺은 지도 49년이 흘렀다. 아내라고 해서 우리 결혼 생활이 행복하기만 했을까? 때로는 숨어 있는 가시에 질려 아파하기도 했을 것이다. 모르긴 해도 그 아픔 참으며 살아왔으리라. 하지만 서운했던 일보다는 즐거웠던 일이, 잘못했다 후회한 일보다는 잘했다고 느낀 일이 더 많은 나날이었다. 그렇다면 헛되이 산 인생은 아니잖은가.

정자를 나와 다시 걷는다. 우리는 얼마나 더 이 길을 같이 걸을 수 있을까. 염라대왕의 수명부를 훔쳐보지 못해 알 수는 없지만, 언젠가는 아내와 나도 헤어질 날이 올 것이다. 만남은 헤어짐을 전제로 하니까.

부처님의 전생 기록인 『본생담(本生譚)』에 나오는 말이다.

"초대하지 않았지만 인생은 저세상에서 찾아왔고, 허락하
지 않아도 이 세상에서 떠나가기 마련인데 무슨 탄식이 있
을 수 있는가."

하지만 그런 마음은 부처님을 비롯한 초인들이나 느낄 수 있는 경지
일 뿐, 필부필부들에게 이별은 슬프다. 그리고 그 이별이 삶과 죽음을
가르는 것이라면 슬픔을 넘어 아픔이 된다.

상수동행(上壽同行)이란 사자성어가 있다. 상수란 백 살이 넘은 나
이를 말하고, 동행은 같이 가자는 말이니 백 살이 넘도록 같이 가고
싶다는 뜻이다.

요즘 들어 '백 세 인생'이라는 말이 유행하고 있지만 상수동행과는
거리가 멀다. 상수동행이란 단순한 나이를 말하는 것이 아니라 오래
도록 사랑과 믿음, 그리고 뜻을 같이함을 의미하니까.

아내와 나도, 지금처럼 두 손 잡고 걸으면서 상수동행 했으면 좋겠
다. 지나친 욕심일까.

　매일 별거하는 부부

헌화가(獻花歌)

시(視) · 청(聽) · 후(嗅) · 미(味) · 촉(觸) 다섯 가지 감각을 오감(五感)이라고 한다. 오감도 나이 따라 늙어 간다. 그중에서 가장 먼저 쇠약해지는 감각은 어떤 것일까. 사람마다 다르겠지만 나의 경우는 후각이다.

아내와 나의 취미는 등산이다. 하여, 짬 날 때마다 산을 오르내렸고 둘레길을 걸으며 야생화의 향기에 취하곤 했었다. 그러나 요즘은 달라졌다. 나의 후각이 예전만 못하기 때문이다.

그런 내가 안쓰러워서일까. 아내는 색다른 꽃과 마주칠 때마다 냄새를 맡아 보라고 권한다. 하지만 찔레꽃같이 강한 향이 아니면 별다른 느낌이 없다. 하여, 그렇게 좋아하던 매화의 은은한 향기도 추억 속에서만 살아 있을 뿐이다.

수백만 송이의 국화가 나름대로의 아름다움을 뽐내고 있는 국화 전시장. 관람객들이 전시장을 둘러보며 즐거워하고 있다. 아내와 나도 벌과 나비라도 된 양, 이 꽃 저 꽃 옮겨 다니며 향기를 맡아 보지만 몇몇 품종을 제외하면 내 후각은 좀처럼 반응을 보이지 않는다.

아내가 자주색 국화 한 송이를 들고 왔다. 향기가 너무 좋으니 맡아 보란다. 코를 자극하는 향기로운 냄새. 아직은 내 후각이 걱정했던 만큼 나쁘지 않다는 안도감으로 전시장을 떠날 때까지 그 꽃송이를 코에 대고 있다시피 했다. 그런데 이 꽃을 어떻게 한다? 버리기는 아까워 책갈피 속에 끼워 두었다.

49주년 결혼기념일. 여느 해 같으면 어디 먼 곳으로 여행을 떠났겠지만 몹쓸 '코로나 바이러스'가 발목을 잡는다. 그렇다고 해서 집 안에 머물러 있을 수도 없어 가깝지만 한적한 바닷가에서 한나절을 보내기로 했다.

아내와 나는 바닷가 너럭바위에 앉아 사위를 둘러본다. 하늘 한가운데서 졸고 있는 해, 뒤를 돌아보면 험상궂은 절벽, 눈앞으로는 짙푸른 바다가 끝없이 펼쳐지고 파도는 낮은 목소리로 노래 부르고 있다. 그렇게 주위를 둘러보다 보니 어디선가 본 듯한 느낌이 든다. 어디였을까 그곳은? 나의 뇌리에 동해안 어느 바닷가의 정경이 떠올랐다.

성덕왕 치세하의 신라. 왕으로부터 강릉 태수로 임명받은 순정공이 가솔을 거느리고 임지로 가던 중 바닷가에서 잠시 쉬어 갈 때의 일이다.

주위를 둘러보다가 절벽 위에 피어 있는 철쭉꽃을 발견한 순정공의 아내 수로 부인이 "누가 저 꽃을 꺾어 나에게 가져다줄까?" 부탁했지만, 가솔들은 너무 위험하다며 하나같이 고개를 저었다. 그때였다. 암소를 끌고 지나가다가 부인의 말을 들은 노인이 발을 멈추고 노래를 불렀다. 그 노래가 〈헌화가(獻花歌)〉다.

매일 별거하는 부부

붉은 바위 아래

잡고 있는 암소 놓게 하시고

나를 부끄러워하지 않으신다면

꽃을 꺾어 바치오리다.

위험을 무릅쓰고 험준한 절벽을 기어오르는 노인. 어렵사리 꺾어 온 꽃을 수로 부인에게 바친다. 어쩌면 그 노인은 수로부인의 아름다운 모습을 본 순간 사랑에 빠졌는지도 모른다. 그 사랑이 위험을 감수하게 한 것은 아닐까. 그렇다면 참 멋쟁이 할아버지다.

내가 들려주는 헌화가 이야기를 듣고 있던 아내가 혼잣소리처럼 말했다.

"수로 부인은 참 좋았겠다. 그렇게 꽃을 꺾어 바치는 사람도 다 있고…. 나는 지금까지 꽃 한 송이 받아 보지 못했는데."

그 말에 내 마음이 뜨끔해진다. 물어볼 것도 없이 날 보고 하는 소리니까.

아들, 딸, 며느리, 심지어는 사위한테서도 꽃을 받아 보았지만 남편에게서는 꽃 한 송이 받지 못했다는 서운함의 표현이다.

"꽃보다 더 좋은 마음을 주었는데 뭘 더…."

나는 말끝을 흐리며 얼버무린다.

"마음은 마음이고 꽃은 꽃이죠."

머쓱해진 나는 돌아가는 길에 꽃집에 들려 한 아름 안겨 주겠노라고 제안했지만, 엎드려 절 받기는 싫단다. 그러면서 웃으려고 한 말이니 잊어버리란다.

집에 돌아온 후에도 아내의 말이 머릿속을 떠나지 않았다. 웬만한 서운함은 내색하지 않고 혼자 삭이는 아내다. 그런데도 그 말을 꺼낸 것을 보니 많이 서운했었나 보다. 하지만 새삼 꽃집을 찾아다니는 것도 멋쩍다.

문득 국화 전시장에서 책갈피에 끼워 둔 국화 생각이 나서 책을 열어 보았더니 예쁘게 말라 있다. 그래 바로 이거야. 나는 쾌재를 부르며 서툰 솜씨로 국화꽃 액자를 만들었다. 액자 속의 꽃가지는 기도하는 소녀상을 닮았다. 이 액자가 아내의 서운한 마음을 달래 줄 수 있을까. 나는 화장대 앞에 앉아 있는 아내에게 불쑥 액자를 내밀었다.

"선물."

의아한 표정으로 액자를 받은 아내가 한참 동안 들여다보다가 말했다.

"시들지 않아서 좋은 꽃이네요."

아내의 얼굴에 미소가 번진다.

그날, 꽃을 받은 수로 부인의 미소도 저러했으리라.

매일 별거하는 부부

어머니의 초상(肖像)

　노산(鷺山) 이은상(李殷相) 시인의 작품 중에『한 눈 없는 어머니』라는 산문이 있다. 요약하면,

　작품 속에서 '김 형'이라고 지칭하는 사람이 노산을 찾아와서 부탁했다. 어머니의 초상화를 그리고 싶으니 잘 아는 화가가 있으면 소개해 달라는 것이다. 그러면서 내미는 사진 속의 여인은 한 눈밖에 없었다. 덧붙여 그가 말했다. "한 눈밖에 없는 어머니지만 초상화는 두 눈 다 뜬 모습으로 그리고 싶습니다."

　그 말을 들은 노산, '아니 이 사람, 한 눈으로나마 자식을 위해 평생을 바친 어머니를 부끄럽게 여기고 있구나.' 못마땅하게 여긴 노산은 퉁명스러운 어조로 그의 부탁을 거절했다는 내용이다. 하지만 정상적인 눈을 가진 어머니의 초상화를 그리고 싶다는 그의 마음을 나무랄 수만은 없을 것 같다.

　어쩌면 그도 철없던 시절에는 외눈의 어머니를 부끄러워했을지도 모른다. 그러나 성장하면서 생각이 달라지지 않았을까. 어머니의 눈을 고쳐 드리고 싶었지만 당시의 의학으로는 불가능했을 수도 있다. 아니면 경제적인 여건이 뒷받침되지 못해 마음만 아파했을 수도 있

다. 하여, 그림으로나마 온전한 모습으로 남겨 맺힌 응어리를 풀고 싶었는지도 모를 일이다. 그렇게 이해했다면 노산의 서운했던 마음도 다소나마 누그러졌으리라.

작고하신 장모님 이야기가 나올 때마다 처제가 아쉬워하는 게 있다. 자신의 기억 속에 남아 있는 어머니는 '엄마가 아니라 할머니'였다는 것이다. 즉 젊은 시절의 엄마 얼굴은 전혀 기억나지 않는다는 얘기다.

처제는 6남매 중의 막내로 태어났다. 산아 제한이며 피임에 대한 상식도 부족하여 들어서는 대로 낳을 수밖에 없었던 시절이었다. 그뿐이랴, 해방을 전후한 혼란과 경제적인 빈곤 속에서 필부(匹婦)들이 자신을 위해 단장하고 꾸미는 일은 사치였다. 하여, 알게 모르게 몸은 메마르고 얼굴은 거칠어져 갔다.

포도송이처럼 줄줄이 매달린 자식들, 형제가 많으니 맏이와 막내의 나이 차이도 적지 않다. 하여, 막내가 태어날 즈음의 어머니 얼굴은 젊음의 꽃이 시들어 가고 있을 때다. 그러니 처제의 기억 속에 남아 있는 엄마의 얼굴은, 다른 엄마에 비해 할머니처럼 보일 수밖에 없었을 게다.

처제가 아내에게 물었다.

"언니는 다를 거야. 그렇지?"

그러나 네 살 위인 아내라고 해서 크게 다를까. 정도의 차이는 있겠지만 아내의 기억 속에 남아 있는 엄마 역시 젊음의 뒤안길로 들어섰을 때의 얼굴이었을 게다.

6남매의 다섯째로 태어난 나 또한 젊은 시절의 어머니 얼굴은 기억하지 못한다. 어렴풋이나마 남아 있는 기억은 초등학교 졸업식에 참석하셨을 때의 모습이니까.

아들의 졸업식이지만 꽃다발 하나 안겨 줄 수 없고, 먹고 싶어 하는 자장면 한 그릇도 사 먹이지 못할 만큼 가난한 살림. 그래서 아예 졸업식에 참석하지 않으려 하셨단다. 하지만 마을에서는 유일하게 우등상과 개근상을 함께 타는 아이 아닌가. 그러니 꼭 가야 한다는 이웃 아주머니들의 성화를 못 이겨 뒤늦게 참석하신 것이다. 쪽진 머리, 철이른 흰 무명 치마저고리, 화장기 없는 얼굴, 그때 어머니의 연세 또한 젊음이 스쳐 지나간 마흔아홉이셨다.

요즘이라면 젊은 시절의 어머니 얼굴을 기억하는 일은 어렵지 않다. 카메라라는 문명의 이기 때문이다. 집집마다 카메라 하나쯤은 가지고 있고, 언제라도 꺼낼 수 있는 주머니 속의 휴대폰도 있다. 하여, 언제 어디서나 원하는 대로 찍을 수 있다. 그러니 막내라고 하더라도 젊었을 때의 엄마 얼굴을 생생하게 기억할 수 있다. 하지만 우리 어머니들의 경우는 달랐다.

사진을 제대로 찍을 수 있는 기회는 회갑연이나 자녀들의 결혼식 때가 유일했다. 어쩌다가 친척이며 이웃 사람들과 어울려 촬영할 기회가 없었던 것은 아니지만 그마저 빛바랜 흑백사진, 그 오래된 사진 속에서 젊은 어머니의 얼굴을 상상하기는 어려웠다.

그러나 곱디고운 시절의 어머니 얼굴이 꼭 보고 싶다면 불가능한 일은 아니란다. 첨단 사진 기술을 활용하면, 주름살투성이의 영정 사진도 젊은 얼굴로 되살릴 수 있다는 것이다. 주름살을 없애고 처진 볼과

눈꼬리를 바로잡고 턱의 선은 가다듬고…. 그렇게 해서 비슷하게나마 젊은 시절의 얼굴로 되살려 놓을 수가 있단다. 그러나 어쩐지 생소할 것 같다. 그렇다면 기억 속에 남아 있는 그때 그 시절의 어머니를 추억하고 사랑하자.

문득 떠오르는 엉뚱한 생각.

천지만물과 인간을 창조한 것은 하나님이시란다. 그렇다면 모든 인간은 하나님의 자녀로서 살뜰한 보살핌을 받아야 마땅하다. 그러나 요즘 하나님은 너무 바쁘셔서 헤아릴 수 없이 많은 자손을 일일이 챙길 여유가 없단다. 하여, 하나님은 어머니들에게 자신을 대신하여 자식을 돌볼 임무를 부여하셨다. 그러기에 어머니의 사랑은 가없다고 말하는 것이리라. 그럼에도 불구하고 가끔 들려오는 어머니답지 않은 어머니들의 이야기가 우리를 슬프게 한다.

13세기 페르시아의 작가 루미는 이렇게 말했다.

"식물을 키우는 것은 천둥소리가 아니라 촉촉하게 내리는 비다."

식물을 사람으로 바꾸어 본다면 어떨까. 천둥소리가 아버지라면 촉촉하게 내리는 비는 어머니의 사랑이다. 그래서일까. 그 사랑의 비를 맞으며 자라난 우리는 비의 속삭임을 들을 때마다 어머니의 얼굴을 그려 본다.

매일 별거하는 부부

사랑의 몇 가지 유형

일본 사가현(縣)의 가르츠만 해안에는 넓게 펼쳐진 소나무 숲이 있다. 방풍 방조림이다. 길이 5km, 넓이 1km에 달하는 이 숲에는 기묘한 형상을 한 백만 그루의 소나무가 자라고 있다. 그러나 너무 넓어 제대로 볼 수가 없다.

자리를 옮겨 카가미산 전망대에 서니 산과 바다와 소나무 숲이 한눈에 내려다보인다. 그러나 전망대에서 바라보이는 풍광 못지않게 내 시선을 사로잡은 것은 바다를 바라보고 있는 한 여인의 동상이었다. 동상의 주인공은 사요 히메.

백제 의자왕 말기, 나당연합군의 침공으로 절체절명의 위기에 처한 백제를 구원하기 위해 일본의 사이메이 천황은 군사를 파견했다. 그러나 백강 전투에서 왜군이 패배하자 백제는 멸망의 수순을 밟기 시작한다. 그때 출정한 용사 중에 시데히꼬라는 청년이 있었다. 그는 촌장의 딸인 사요 히메의 약혼자였다.

시데히꼬가 탄 배가 부두를 떠나자 사요 히메는 높은 곳에서, 더 높은 곳으로 자리를 옮겨 가며 지켜보지만 배는 그녀의 시선을 벗어나 아득히 사라진다. 그런 후 왜군이 전멸했다는 소식을 들은 그녀는 바다를 보며 7일 밤낮을 통곡했다. 그 울음소리를 타고 그녀의 영혼은 떠났고 몸은 돌이 되고 말았단다.

신라 눌지왕의 총신이었던 박제상은 왕이 일본에 볼모로 끌려간 동생 미사흔을 그리워하자 왕제를 구출하기 위해 일본으로 떠난다. 소식을 듣고 배가 떠나는 율포 포구까지 달려와서 오열하는 아내에게는 손만 흔들어 주었을 뿐이었다.

일본에 잠입한 박제상은 우여곡절 끝에 미사흔을 구출하여 귀국시키지만 자신은 포로가 되고 말았다. 그의 충절을 높이 평가한 일본 왕이 부귀영화를 약속하며 회유하지만 끝내 거부 하는 박제상. 분노한 왕은 그를 불에 태워 죽였다.

치술령에 올라 바다를 바라보며 돌아오지 않는 남편을 기다리던 부인의 몸과 마음은 나날이 초췌해지고 그리움은 병이 되어 마침내 숨을 거둔다. 그렇게 이승을 떠난 그녀의 영혼은 새가 되고 몸은 굳어 돌이 되었다.

사요 히메와 박제상 부인의 전설은 놀랄 만큼 닮았다. 다른 점이 있다면 사요 히메는 백제가 있는 곳을, 박제상의 부인은 일본 쪽을 바라보았다는 점이다. 두 여인의 사랑과 죽음의 경계선은 같은 바다였다. 한번 맺은 인연의 매듭은 쉽게 풀 수 없는 법. 때로는 죽음마저 초월한다.

또 다른 사랑 이야기는 다케오 신사에서 보고 듣고 느낄 수 있었다. 다케오 신사는 3,000년의 수령을 자랑하는 녹나무로 유명하다. 신사 입구를 지키고 있는 두 그루의 아름드리 편백나무가 시선을 끈다. 2m

남짓 떨어져 있지만 한 뿌리에서 자란 나무란다.

두 나무는 붉은 끈으로 연결되어 있었고 나무 앞에는 맺을 결(結) 자를 세긴 조각까지 세워 놓았다. 그런데 이 나무를 배경으로 부부가 같이 사진을 찍으면 내세에서도 부부가 되어 다시 만난다는 전설이 내려오고 있단다.

가이드가 들려 준 재미있는 이야기. 한국에서 온 여행객 역시 기념사진을 찍기 위해 이 나무 그늘로 모여들지만, 내세에서도 부부로 맺어진다는 설명을 듣고는 대부분의 부부가 손사래를 치며 도망치듯 포토 존을 벗어난다고 한다.

왜 그럴까? 지금은 좋건 싫건 부부가 되어 어쩔 수 없이 같이 살지만, 내세에서는 보다 멋진 사람을 만나서 더 행복해지고 싶다는 욕심 때문이리라. 그렇다면 그 욕심을 나무랄 수도 없겠다. 하지만 알 수 없는 내세의 사랑이나 행복보다는 살아 있는 오늘을 사랑하자. 사랑이 우리를 행복하게 하니까.

변치 않겠노라 굳게 다짐하던 연인이며 부부의 애정도 세월 따라 늙어 가는가. 그래서 시들해지는 것일까. 결별이며 졸혼, 이혼 같은 자신의 경험담을 예사롭게 떠벌리며 돌아다니는 사람들을 보면 요즘의 사랑은 너무 가볍다는 생각을 지울 수 없다.

그 전설의 영향 탓인지 우리 일행 중 나무 앞에서 사진 찍는 부부의 모습은 보이지 않았다. 게다가 다들 신사 쪽으로 몰려가고 없어서 사진 찍어 달라고 부탁할 사람도 없다. 나는 아내를 나무 앞에 세우고 기념사진을 찍어 준다. 혼자 사진을 찍은 아내는 나와 함께 찍지 못해 아쉬워했을까. 아니면 다행이다 싶어 안도의 한숨을 몰래 내쉬었을까.

노이린지는 개구리를 닮은 돌을 3,000개나 모아 놓은 이색적인 절이다. 주지가 전 세계를 돌아다니며 수집한 돌을 진열해 놓았단다. 그래서일까. 절집 문을 들어서자마자 눈에 띄는 것은 개구리였다. 그야말로 개구리 세상이다. 그런데 터무니없어 보이는 이 절에 사람들은 왜 찾아오는 것일까. 개구리를 뜻하는 명사 '카에루'는 돌아온다는 뜻의 동사 '카에루'와 발음이 같다.

하여, 재물을 잃은 사람들은 이 절을 찾아와 '떠난 재물운이 다시 돌아오기를' 간절히 기도한단다.

사랑은 어떨까. 눈물로 떠나보낸 사랑이 다시 돌아온다면 그보다 더한 기쁨은 없을 것 같다. 문득 떠오르는 생각. 시데히꼬가 사요 히메에게, 박제상이 아내에게 돌아올 수 있었다면 그들의 인생은 사랑으로 충만했을 것 같다. 하지만 누가 알랴. 그 변덕스러움으로 처음과 나중을 헤아릴 수 없는 것 또한 사랑이니까.

매일 별거하는 부부

추억 여행

여인이 기대에 찬 목소리로 남자에게 말했다.

"여보, 다음 주 토요일은 우리 결혼기념일."

남자의 퉁명스러운 대답.

"그런 것까지 기억하고 있어야 해?"

그날 오후, 이웃집 여인이 아내에게 하소연하더란다.

"난 그렇게 재미없는 사람과 살고 있다오."

여자는 기억하고 싶고 남자는 무관심한 결혼기념일.

그게 여자와 남자의 차이점일까.

아내와 내가 부부의 연을 맺은 지 47년이라는 세월이 흘렀다. 하지만 결혼기념일을 잊은 적은 한 번도 없었다. 그렇다고 해서 무슨 거창한 행사를 벌이는 것은 아니다. 그저 배낭 하나 달랑 메고 산과 들과 절집을 순례하며 단풍과 바람에 취하다가 돌아오는 것이 고작이다. 산이든 들이든 짬만 나면 나돌아 다니고 싶어 하는 나의 성격과 결혼기념일만큼은 무슨 흔적이든 남기고 싶다는 아내의 희망이 서로 어울렸기 때문이다.

우리는 경주로 신혼여행을 갔었다. 그날, 경주에 도착한 아내와 나는 불국사를 둘러본 후 석굴암을 거쳐 토함산 정상까지 내쳐 걸었다. 그건 신혼여행이 아니라 숫제 등산 수준이었다. 어쩌면 결혼 기념 여행에서 산과 절집 순례가 빠지지 않는 것은 그 영향 때문인지도 모르겠다.

도가(道家)에서는 신선이 되고 싶으면 자연 속으로 들어가라고 했다. 하지만 신선 될 자격도, 생각도 없으면서 때만 되면 산을 찾는 이유는 산이 주는 청량한 기운을 온몸으로 받아들이고 싶어서다. 사찰 순례 또한 산사(山寺)의 고즈넉한 분위기 속에서 사색에 잠기고 싶다는 단순한 욕심에서다. 하여, 결혼기념일마다 멀고 가까운 산과 절집을 지도 한 장 들고 겁도 없이 돌아다닌 것이다.

여행에서 돌아온 아내는 일지에 행선지와 그곳에서 받은 느낌을 꼼꼼히 기록해 둔다. 이번엔 어디로 갈까? 궁리하며 여행일지를 들추어 보고 있던 아내가 47주년 기념 여행은 팔공산과 동화사를 둘러보잔다. 그러나 그곳은 41년 전에 이미 다녀온 곳이다.

이유를 물으니, 그곳 풍광이 어떻게 달라졌을지 궁금하단다. 또 결혼기념일에 떠나는 여행은 어차피 추억 여행일 수밖에 없으니 자꾸만 아스라해져 가는 옛날을 되살려 보고 싶다는 말도 덧붙인다. 그 제안을 선뜻 받아들인 나는 아내와 함께 대구행 기차에 몸을 실었다.

강산이 네 번이나 바뀌기 전의 동화사는 말 그대로 고즈넉했었다. 바람이 낙엽을 쓸고 간 것처럼 깨끗하게 빗질한 대웅전 앞마당은 텅 비어 있었고 두어 사람의 불자만 법당 안에서 합장하고 있었다. 그 적

매일 별거하는 부부

막을 깨는 것은 오직 풍경 소리뿐. 그래서 아내와 나는 나뭇잎 붉게 타오르고 있는 경내 오솔길을 걸으면서 오늘과 내일을 꿈꾸며 설계하는 시간을 가질 수 있었다.

동화사보다 우리를 더 매료시킨 곳은 절집 입구, 개울가에 위태롭게 지어진 허름한 여관에서의 하룻밤이었다. 주인이 안내한 방은 개울 쪽으로 창문이 나 있었다. 미세 먼지라는 단어조차 모르고 있었던 시절, 산속의 대기는 청정했고 어둔 하늘을 보석처럼 수놓은 별들은 금방이라도 쏟아져 내릴 듯 반짝이고 있었다. 그뿐이랴, 시냇물은 밤새도록 사랑의 밀어를 속삭이며 흘러내린다. 적요, 별빛, 시냇물 소리, 그런 밤에 어찌 사랑을 나누지 않을 수 있을까. 아내는 그날 밤 막내를 몸속에 품었다. 그리고 그 아들은 어느새 두 아이의 아버지가 되었고 나와 아내는 할아버지 할머니가 되었다.

팔공산 산행들머리에 도착한 아내와 나는 시간 부족을 핑계로 낙타봉까지만 오른 후, 곧장 동화사로 향했다. 그러나 다시 찾은 동화사는 예전과 많이 달라져 있었다. 대웅전을 비롯한 당간지주며 마애불상은 그대로였지만 새로운 건축물은 어딘가 어색하다. 게다가 고즈넉했던 분위기 대신 관광객들의 발자국 소리와 수런거리는 소리가 귀를 어지럽히고 있어 사색에 잠길 여지마저 없다.

달라진 것은 또 있었다. 우리가 묵었던 여관 부근은 공원으로 조성되어 어디쯤에 그 집이 있었는지 짐작조차 할 수 없다. 허나 어쩌겠는가. 옛날과 다름없기를 바라는 마음은 내 욕심일 뿐, 세월은 모든 것을 달라지게 한다. 그랬다. 지나간 날은 우리의 추억 속에서만 온전하게 남아 있었다.

사람들은 세월의 흐름을 묘사할 때, '유수 같은 세월'이라거나 '살같이 빠른 세월'이라면서 흘러가는 시간과 인생의 덧없음을 한탄한다. 그렇다고 해서 가는 세월을 잡을 수도 없다. 그런 공허함에서 조금이라도 벗어날 수 있는 방법은 없을까. 어쩌면 그 의문에 대한 답은 '체게바라'가 남긴 말 중에서 찾아볼 수 있을지도 모르겠다.

"내일 죽을 것처럼 오늘을 살고
영원히 살 것처럼 내일을 꿈꾸어라."

여행은 익숙한 곳에서 낯선 곳으로, 낯선 곳에서 익숙한 곳으로 되돌아가는 여정이다. 내년 결혼기념일에도 아내와 나는 낯선 곳으로 추억 여행을 떠날 것이다. 그리고 익숙한 곳으로 다시 돌아올 것이다. 그곳에서 기다리고 있을 평온함과 따뜻함을 그리워하며.

매일 별거하는 부부

사랑의 이중주

2020년 12월의 중국 풍경

하루라도 빨리 이혼하려는 부부들이 관청 앞에서 진을 치고 있다. 현재는 협의이혼이건 소송이혼이건 간에 어렵지 않게 이혼할 수 있지만 21년 1월부터는 법이 바뀌기 때문이란다.

바뀐 법에 의하면 이혼 신고 후, 30일 동안의 숙려 기간을 가져야 한다. 그동안 한 사람이라도 마음이 바뀌어 이혼 의사를 철회하면 이혼 자체가 불가능해진다. 그러니 법 개정 이전에 이혼하려는 부부들은 안달할 수밖에 없을 것 같다.

중국인들, 참 쉽게 결혼하고 쉽게 이혼한다. 2019년의 통계에 의하면, 950만 쌍이 결혼했고 415만 쌍이 이혼했단다. 두 쌍 중에 한 쌍 꼴로 파경을 맞은 셈이다. 혹시 이혼 연습 삼아 결혼하는 것은 아닐까. 그들도 결혼식장에서 엄숙하게 서약했을 것이다. 검은 머리가 파 뿌리 될 때까지, 혹은 하늘이 부를 때까지 한 몸처럼 사랑하며 살겠노라고…. 하지만 지금은 헤어지기 위해 저리 바쁘다.

그렇게 돌아선 두 사람에게는 시원함과 더불어 아쉬움만 조금 남을 뿐이다. 어디 중국만 그럴까. 우리나라도 세 쌍의 부부 중 한 쌍 꼴로 이혼한다고 하니 중국인을 마냥 흉볼 일은 아니다.

결혼을 분류하면 몇 가지 유형으로 나눌 수 있다. 그 첫 번째가 사회적 결혼이다. 공개적으로 결혼식을 올린 뒤 혼인 신고를 하여 주위 사람들의 인정을 받는 결혼을 말한다. 또 결혼식은 올리지 않고 혼인 신고만 하는 법적인 결혼이 있는가 하면 그런 저런 절차 모두 무시하고 동거부터 시작하는 물리적 결혼, 집안에서 반대하거나 부모와 자식 간의 사이가 좋지 않을 때 몰래 하는 도피성 결혼도 있다.

정략결혼은 부모나 친권자가 자신의 경제적 또는 정치적인 이익을 위해 당사자의 의견을 무시한 채 억지로 시키는 결혼을 말한다. 그렇게 결혼한 부부는 사랑보다는 배경이나 재산을 위로 삼아 결혼 생활을 유지한다. 그러나 사랑의 오묘한 섭리를 어떻게 알랴. 그렇게 등 떠밀려 결혼했지만 진정한 사랑에 눈떠 행복하게 사는 부부도 많다.

조금쯤은 엉뚱해 보이는 결혼도 있다. 계약결혼이다. 기간이나 의무 등을 정하여 놓고 하는 결혼을 말하며, 결혼 제도를 무시하거나 상대에 대한 믿음이 부족할 때는 이런 방법을 택한다. 그중에서 널리 알려진 것은 프랑스를 대표하는 지성인 '장 폴 사르트르'와 '시몬느 드 부아르'의 계약결혼이다.

사르트르는 부아르에게 2년간의 계약결혼을 제안했고 부아르도 동의한다. 계약 조건도 특별했다. 동거를 하면서도 다른 사람 만나는 것을 허락하고 또 그 사람과의 사랑도 인정한다. 상대에게 어떤 것도 숨기지 않고 거짓말도 하지 않는다. 경제적으로도 서로에게 의지하지 않고 독립한다는 것이다.

매일 별거하는 부부

그게 과연 사랑일까 하는 회의를 느낄 만도 하지만, 놀랍게도 그들의 결혼은 몇 번의 위기를 만나 출렁거리기도 했지만 50년간이나 지속되었단다. 하지만 권력과 경제력에서 오는 포만감이 그들의 결혼생활을 유지하게 했다고 하니 진정한 사랑과는 거리가 멀어 보인다.

우리네 부모님 세대만 해도 대부분이 중매로 짝을 찾았다. 게 중에는 신랑이며 신부될 사람의 얼굴도 보지 못한 채 혼인하는 경우도 허다했다. 즉 배필 될 사람의 얼굴을 혼례식장에서 처음 본다는 이야기다.

그렇게 해서 막연한 호기심과 설렘, 기대감만으로 인연을 맺는다. 그러니 그런 부부에게 사랑과 행복은 살아가면서 채워야 할 인생의 여백이었다. 그 여백을 사랑으로 채울 수도 있지만 미움과 눈물로 채우는 사람도 많았으리라.

요즘의 중매결혼은 그때와는 다르다. 중매인이 등장하는 것은 예나 지금이나 다름없지만, 그들의 말만 듣고 결정하지는 않는다. 수시로 만남의 시간을 가져 상대의 인성, 직장과 재정 상태, 가정환경, 장래성 등등을 꼼꼼히 따져 본 뒤에 결혼 여부를 결정한다. 즉 서로에 대한 탐색전이다. 이럴 때의 결혼은 상대를 사랑해서라기보다는 사랑할 수 있으리라는 믿음이 있을 때 가능해진다.

연애결혼은 사랑하기 위해서가 아니라 사랑하기 때문에 맺어진다. 그 사랑은 순수하지만 맹목적이고 절대적이다. 불처럼 뜨겁기에 서로에 대해 장님이 된다. 그래서 위험하다. 시야를 가렸던 콩깍지가 벗어질 때, 기대했던 환상이 깨어졌을 때, 사랑은 간 곳 없고 후회만 남는다.

황혼 이혼이 점차 늘어나는 추세란다. 그 어려웠던 시절, 시련이 닥칠 때마다 서로 격려하고 의지하면서 온갖 고난을 이겨냈는데 이제 와서 새삼 이혼이란다. 그렇게 헤어진다고 해서 행복한 삶이 보장될까.

결혼 생활은 아내와 남편 두 사람이 연주하는 이중주와 같다. 행복과 불행은 그 이중주가 화음을 이루느냐 불협화음이 되느냐에 따라 나누어진다.

시집온 후 된장이며 고추장, 멸치액젓을 손수 담그고 있는 아내는 항아리 안의 된장 표면에 핀 곰팡이를 곰팡이라 부르지 않고 꽃이라고 부른다. 곰팡이라고 부르면 어쩐지 제맛이 나지 않는 것 같단다.

노년의 사랑도 그렇다. 늙은 남편의 주름살과 검버섯, 젊음이 비켜간 아내의 흰 머리카락을 곰팡이라기보다는 꽃이라고 여긴다면 그 부부의 여생은 꽃처럼 아름다울 것 같다.

매일 별거하는 부부

매일 별거하는 부부

　부부 두 쌍 중에서 한 쌍은 하루에 20분 정도의 대화도 나누지 않는다는 통계가 나왔다. 바꾸어 말하면 하루 1,440분 중에서 20분간의 대화에도 인색한 부부가 절반을 차지한다는 계산이다. 그렇다면 나머지 1,420분은 '나 홀로' 시간을 보낸다는 이야기다.

　'따로 삶', '부부가 한집에 살지 않음'이 별거의 사전적인 해석이다. 그래서 그런지 별거는 곧 이혼이라는 등식이 언제부터인가 우리의 뇌리를 지배하고 있다. 그러나 별거가 꼭 이혼 연습만을 의미하지는 않는다.

　한집에 살지만 떨어져 사는 것 못잖게 의미 없이 사는 부부도 있고, 몸은 마주 보고 있지만 마음은 먼 곳에 있는 부부도 많다. 그들은 서로 다른 방에다 자신의 둥지를 만든다. 그 둥지를 성채처럼 단단하게 쌓아 올린다. 얼굴 마주칠 시간은 많지만 입은 다문다. 대화를 나누지 않는다는 것은 마음의 문을 닫는 것이다.

　그것은 별거의 또 다른 유형이다.

　별거의 이유는 다양하다. 이혼을 전제로 하는 별거라면 배우자의 불륜이나 성격 차이 또는 경제적인 문제가 주류를 이루겠지만 딴 방 거처의 이유는 단순하다. 심하게 코를 곤다. 몸부림 때문에 수시로 잠에서 깬다. 잔소리가 듣기 싫다. 게다가 나이 든 사람의 경우 성생활에 대한 무관심도 한몫 거들고 있다.

대부분의 부부는 원앙금침 한 채로 신접살림을 시작한다. 당연히 원앙금, 원앙요, 원앙침 모두가 하나씩이다. 그러던 어느 날 이부자리를 내려다보면 요는 하나이지만 베개와 이불은 두 개가 되어 있다. 좀 더 지나면 요판, 베개, 이불 모두 따로따로다. 뒤따르는 순서는 딴 방 거처. 그때부터 남편과 아내에게는 방 한 칸과 이부자리 한 채, 그리고 아련한 추억과 그리움과 섭섭함만 남는다.

그래서일까. 사랑한다면 잠자는 시간에도 돌아눕지 말라고 했다. 마주 보면 지척이지만 돌아누운 부부의 숨결이 서로 만나기 위해서는 지구를 한 바퀴 돌아야 하는 까닭이란다. 이게 바로 지척이 천 리로 멀어지는 이유다. 그래서 생긴 말이 '부부란 돌아누우면 남남'이라는 속담 아닐까?

세간에 유행하고 있는 삼식(三食)이 시리즈를 들어 보면 혼자 살기 위해 필살기를 연마하는 아내들의 독백을 듣는 것 같아서 영 씁쓸하다.

집에서 한 끼도 안 먹는 남편은 '사랑하는 영식 씨', 한 끼를 먹으면 '일식이', 두 끼 먹으면 '이식이 놈', 세 끼 다 요구하면 '삼시쉐끼'. 게다가 간식까지 챙겨 달라는 사식(四食)이는 '간나쉐끼'라며 숫제 남편 취급도 하지 않는단다.

다소 역설적이긴 하지만, 사식이의 사(四)를 사(死)로 바꾸어 보자. 사식(死食), 즉 제삿밥이다. 그렇다면 사식(死食)의 주인공은 한 끼도 먹지 않는 영식 씨의 경우를 말함 아닌가. 물론 이 유머가 가사 노동

매일 별거하는 부부

에서 해방되고 싶다는 여인들의 욕구와 남편의 경제적인 능력에 대한 블랙 코미디라는 것쯤은 알고 있지만, 일할 곳마저 잃어버린 노후 세대에도 그대로 회자된다는 것이 문제다.

'과부의 밥상'이란 말이 있다. 같이 먹어 줄 사람 하나 없어 미망인 혼자 먹는 밥을 말한다. 찬거리야 있지만 누굴 위해 지지고 볶을까. 미우나 고우나 평생을 같이 했던 남편을 먼저 보내놓고 저 혼자 잘 먹겠다고 이것저것 챙길까. 귀찮고 서글프다. 그래서 대부분의 과부는 그서 찬물에 밥 한 덩어리 말아서 김치 한 조각, 간장 한 종지를 반찬으로 삼아 끼니를 때운다. 그리고 나날이 여위어 간다.

그런고로, 일식이의 아내는 영식 씨의 아내보다 즐겁고 이식이놈의 아내는 일식이의 아내보다 행복하다. 남편을 위해 만드는 음식이 자기 자신의 몸과 마음까지 건강하게 만드니까. 그렇게 분류하면 일식이의 아내는 일순이고 삼시쉐끼의 아내는 사랑스러운 삼순 씨가 되어야 마땅하다.

사람은 하나로 태어나
하나를 만나 둘이 되었다가
하나가 되어
가는 겁니다.

이선관 시인의 시처럼 어차피 하나가 되어 영원으로 회귀하는 것이 인생일진데 서둘러 혼자 살기 연습을 할 건 또 뭔가. 남편의 밥상조차 차려 주기 싫다는 부부생활. 그것은 별거의 신종 풍속도다.

그렇다고는 하지만 별거가 꼭 나쁜 것만은 아닐 것도 같다. 의견 충돌로 감정이 격앙되었을 때, 다시는 안 볼 것처럼 방문을 걸어 잠근다. 시간이 약이라 했던가. 흥분을 가라앉힌 후, 차분한 마음으로 왜 그랬을까 뒤돌아본다. 별것도 아닌 시빗거리로 속상해했다는 것을 느끼곤 피식 웃는다. 그 결과, 서로를 이해하고 화합할 수 있다면 별거는 시들은 사랑을 다시 풋풋하게 하는 묘약이 될 수도 있다. 좋은 부부란 두 사람이 서로 다름을 인정하는 것이다. 인정할 때 둘은 하나가 된다.

우습지만 우리 부부는 매일 별거하고 매일 합친다. 별거 기간은 보일러를 태우기 시작하는 늦가을부터 봄까지다. 이른 아침, 잠에서 깨어 보면 아내의 자리가 비어 있다. 어디 갔을까 찾아보면 쫓겨난 사람처럼 싱크대 옆 마루 바닥에 누워 있다.

대부분의 아파트처럼 우리 집도 난방용 배관이 설치되어 있는 싱크대 옆이 제일 따뜻하다. 아내는 그 따뜻함을 즐기기 위해 남편의 품과 미지근한 안방을 버리고 새벽마다 부엌으로 자리를 옮기는 것이다. 넓이래야 한 사람이 겨우 누울 정도라서 내가 끼어들 여지는 전혀 없다. 그곳을 독차지한 아내는 작은 담요로 몸을 덮은 채 어린아이처럼 새근새근 잠들어 있다.

아내의 얼굴은 더할 수 없을 정도로 편안해 보인다. 나는 아내를 만지려고 손을 내밀다가 멈칫한다. 이럴 때, 남편의 손길이야 '귀찮음' 외에는 아무것도 아니라는 것을 알기 때문이다. 저녁의 행복한 동거를 위해서는 새벽의 별거쯤이야 참을 만하지 않은가.

매일 별거하는 부부

꽃등

엄청나게 비싸지만 값에 비해 정말 맛없는 것. 그래서 먹지 않겠노라고 도리질하지만 먹지 않을 수 없는 것. 일단 먹었다 하면 뱉을 수도 없는 것. 그게 나이다. 나이가 들수록 많아지는 것은 쓸데없는 생각이고 적어지는 것이 잠이다. 어디 그뿐이랴, 잠자는 시간이 줄면 줄수록 친구 하자며 자주 부르는 곳은 화장실이다. 귀찮다. 하지만 못 들은 척할 수도 없다.

잠자리에서 일어나 화장실에 가기 위해서는 거실을 지나가야 한다. 밖을 내다보지만 보이는 것은 아파트촌의 희미한 윤곽뿐이다. 이럴 때의 거실은 그냥 스쳐 가는 공간이지만 잠 못 이루는 밤이면 잠시 잠깐 사색의 공간이 되기도 한다.

창문을 흔들고 가는 스산한 바람 소리에 몸과 마음이 함께 움츠러든다. 하늘을 올려다본다. 지상의 현란한 불빛에 가려 초저녁에는 보이지 않던 별이 뒤늦게 나와서 저도 추운지 오들오들 떨고 있다.

몇 시쯤 되었을까. 희미하게 보이는 벽시계의 바늘이 시간을 알려주고 있다.

흘끗 밖을 내다본다. 마주 보이는 아파트의 두어 집에 불이 밝혀져 있다. 나는 시계를 외면한 채, 불 켜진 창을 헤아리며 시간을 짐작해 본다. 그런데 신기하다. 불빛의 수로 점치는 시간은 실제 시간과 얼추 비슷했다.

우리 아파트 단지도 여느 아파트와 다름없이 밤 11시까지는 대부분의 집에 불이 들어와 있다. 가끔 가다 환호성 소리와 탄식 소리가 교차해서 들린다. 어느 방송에선가 국제 경기를 중계하고 있는 모양이다. 남자들이 축구며 야구 등 운동 경기에 열광하는 동안 여인들은 좋아하는 드라마를 보며 미소 짓거나 비분강개하여 혀를 찬다. 또 수험생이 있는 집이라면 아예 텔레비전을 꺼 두었을 것이다.

자정이 가까워 오면 불빛의 수는 현저하게 줄어든다. 내일을 위해 잠자리에 들기 때문이다. 두 시, 아직도 불 밝힌 집이 보인다. 아마 대입 수능을 준비하는 수험생이 있는가 보다.

네 시간 자면 합격이고 다섯 시간 자면 떨어진다는 '4합 5락'의 버거운 현실 앞에서 전전긍긍하는 수험생들의 심정은 어떠할까? 그 심정을 헤아리는 부모는 고등학교 3학년에 오르기가 무섭게 자녀를 왕으로 모신다. 그런데 왕은 왕이지만 공부하는 시간이며 방법이 조금씩 다르다. 우리 집의 경우도 그랬다.

큰아들과 작은아들은 통상적인 공부 방법을 선택했다. 평소 때라면 자정, 시험 때면 새벽 두 시까지 공부했다. 그러나 딸은 달랐다. 저녁 먹고 나면 일찌감치 잠자리에 들면서 "두 시에 깨워 주세요." 모두가 잠든 한밤중에 일어나서 세수한 뒤, 단정하게 머리 빗고 교복으로 갈아입는다. 책상에 앉아 문제지를 펼치고는 자기 최면을 건다. "난 지금 교실에서 수업 중이야."

아들과 딸의 공부 방법 중에서 어느 게 더 낫다고 단정할 수는 없지만 뒷바라지를 하는 아내는 아이들의 이런 습성 때문에 늘 잠이 부족했다. 지금 불을 밝힌 저 집 아이는 책을 덮고 있을까 아니면 잠에서 깨어나 책을 펼치고 있을까.

문득 먼 미국 땅에 자리 잡은 딸 생각이 난다. 지금 아버지가 이웃 집 불빛을 보며 제 생각하는 것처럼 저도 아버지 생각을 하고 있을까. 아니다. 그곳은 지금 햇볕 쏟아지는 한낮일 테니까. 흔히 지구의 반대쪽에 있지만 비행기로 열서너 시간이면 닿을 수 있는 미국은 이웃마을과 마찬가지라고 말하지만, 꿈마저 같이 꿀 수 없기에 아주 먼 나라다.

네 시, 꼭두새벽인데도 불 밝힌 집이 보인다. 어디 먼 데로 여행 떠날 준비라도 하고 있을까. 자정부터 네 시까지 통행금지령이 내려졌던 시절의 이야기다. 할아버지 할머니의 생신이며 집안 경조사가 있는 날이면 우리 가족은 고향 갈 채비를 한 채 통금이 해제되기를 기다렸다. 부산역에서 5시 30분에 출발하는 완행열차를 타기 위해서였다.

지금처럼 전화 한 통이면 쪼르르 달려오는 콜택시도 없었고, 버스며 전차가 있었지만 그 시간에는 깊은 잠에 빠져 움직일 기미조차 보이지 않는다. 하여, 통금 해제 사이렌이 울림과 동시에 고향집에 가져갈 보따리를 든 채 야반도주하는 가족처럼 집을 나설 수밖에 없었다.

영도다리를 건너 갈 땐 해조류 냄새와 소금기 머금은 바닷바람이 온 몸에 감겨들었고, 항구에 정박해 있는 크고 작은 배의 마스트 위에는 불이 반짝이고 있었다. 나는 은하수에서 내려온 아기별이 마스트에 앉아서 깜박깜박 졸고 있는 것 같은 그 불빛을 보며 상상의 나래를 펼친다.

고향 가는 길, 아직 소년티도 벗지 못한 나에게는 무리한 일정일 수도 있었지만 떠난다는 사실만으로도 마음 설레곤 했다. 생각건대 못 오른 산과 가 보지 않은 길, 생소한 풍경에 대한 호기심으로 짬만 나면 배낭을 메고 집을 나서는 나의 습성은 그때부터 시작된 것인지도 모르겠다.

고향집 싸리문을 밀고 들어서면 허리 굽은 할머니는 "아이구 내 새끼." 하며 등을 토닥거려 주셨고 할아버지께서는 말없이 머리를 쓰다듬어 주셨다. 한 폭의 그림처럼 뇌리에 새겨져 있는 그 풍경이 그리워질 때면 새삼스레 콧날이 찡해 오는 것은 어느새 나도 그분들처럼 할아버지가 되었음이리라.

여섯 시가 가까워 오자 이 집 저 집에 불이 들어온다. 커튼에 가려 일렁이는 그림자는 보이지 않지만 이 시간에 일어난 주부의 움직임은 보지 않아도 뻔하다.

밥솥과 찌개 냄비를 불 위에 올려놓은 그녀는 아직도 잠에 취해 있는 남편과 자녀를 깨우러 다닐 것이다. 하지만 "10분만 더.", "5분만 더." 하고 애걸하는 목소리에 차마 깨우지 못하고 돌아설 것이다. 그러고 나서 얼마 후, 방마다 불이 들어오더니 갑자기 부산스러워진다. 가족 모두가 일어나서 아침의 문을 연 것이다.

밤이 꿈꾸는 시간이라면 아침은 꿈을 행동으로 옮기는 시간이다. 그러기에 단란한 가족을 감싸고 있는 그 불빛은 내일로 가는 길을 밝히는 꽃등이 된다.

그리움과 끔찍함의 차이

좋아하여 즐기는 것을 기호(嗜好)라고 한다. 일반적으로 입에 쾌감을 주어 필요한 흥분을 일으키는 음식인 담배, 후추, 생강 등을 기호식품이라 하고 액체 상태로 마실 수 있는 커피나 술 등은 기호음료라고 한다. 때문에 개인의 취향에 따라 기호 식품과 기호음료의 선택은 달라지기 마련이다.

밥과 반찬도 그렇다. 입맛과 성격에 따라 같은 음식이지만 누구는 좋아하고 누구는 싫어한다. 그래서일까 특정한 음식에 대해 호불호(好不好)가 분명한 사람에게는 그 음식에 얽힌 사연 한두 개쯤은 가지고 있다.

그렇게 뇌리에 새겨진 이런저런 사연들은 세월이 흐른 후 추억이란 이름으로 되살아난다. 그러나 추억이라고 해서 모두가 아련한 그리움으로 남는 것은 아니다. 어떤 사연은 끔찍함이라는 이름으로 재생되기도 하니까.

우리 마을의 재래시장에는 아내의 단골인 '권 씨 할매'가 있다. 아내와는 30년 가까운 단골이라 서로의 속내까지도 훤히 꿰뚫고 있는 사이다.

그 할머니의 고민 중의 하나가 점심식사다. 단골로 시켜 먹는 식당의 반찬이 너무 부실하여 밥 먹는 자체가 고역이라는 것이다. 아내가 권했다. 입맛이 없거나 추운 날, 또 추적추적 비라도 내리는 날이면 밥 대신 따끈한 칼국수라도 시켜 먹으라고…. 그 말을 들은 할머니, 아내의 말이 끝나기도 전에 정색을 하며 두 손을 휘휘 내졌더란다.

너무나 가난한 집에서 태어났기에 1년 365일 대부분을 국수로 끼니를 때웠단다. 결혼 후에도 형편은 달라지지 않았다. 가난하기는 시집도 마찬가지여서 국수며 수제비로 연명하다시피 했다. 그래선지 밀가루로 만든 음식은 이름만 들어도 끔찍스럽단다. 오죽했으면 죽는 날까지 국수는 두 번 다시 먹지 않겠노라고 다짐했을까.

신문사의 사회부 기자로 활동하다가 은퇴한 친구가 있다. 여기저기 뛰어다녀야 하니 일정한 식사 시간도 없고 정해 놓은 식당도 없다. 그러니 이것저것 가리지 않고 먹어야 한다. 그래서일까 아무 음식이나 잘 먹는다. 그렇지만 그 친구도 우거짓국이라면 절레절레 고개를 흔든다.

대부분의 서민들처럼 그 친구의 집도 여유 있는 형편은 아니었다. 서민들이 손쉽게 구할 수 있는 야채는 시래기. 친구의 어머니는 끼니 때마다 우거짓국을 밥상에 올렸던 모양이다. 하여, 질리도록 먹어야 했던 그 국이 '끔찍스러운 맛'으로 지금까지 기억되고 있다는 것이다.

나에게도 그런 추억이 있다. 6·25를 전후한 극빈의 시대, 대가족이었던 우리 가족은 밥보다는 옥수수죽을 더 자주 먹었다. 심지어는 일주일 내내 삼시 세끼를 죽으로 연명한 때도 많았다.

미국에서 구호물자로 보내 준 옥수수 가루를 배급받아 죽을 쑨다.

매일 별거하는 부부

행여 쌀독에 한 줌의 쌀이라고 남아 있으면 같이 넣어 끓인다. 노란 옥수수 가루 속에 숨어서 보일락 말락 떠돌고 있던 하얀 밥알들. 한 그릇을 다 먹어도 돌아서면 배가 고파지는 멀건 죽이었지만. 굶는 사람이 부지기수였던 시절이라 그나마 거르지 않고 먹을 수 있어 다행으로 여겼다.

그렇다면 나 역시 옥수수죽이라면 넌덜머리를 내야 정상이다. 그러나 별난 성격이라서 그럴까? 그때 먹었던 죽이 끔찍했다는 생각은 한 번도 하지 않았다. 오히려 옥수수죽을 먹으면서 옛날을 회상하고 싶다는 엉뚱한 생각까지 한다.

사전적으로 해석하면 그리움이란 '보고 싶은 마음', '사모의 정'이고 끔찍함은 '지독하게 크거나 많음', '참혹하여 놀랄 만하다'이다. '권 씨 할매'나 내 친구의 끔찍함은 질리도록 먹었던 음식도 음식이지만 그때, 그 시절에 대한 아픈 기억 때문 아닐까.

'노스탤지어'는 과거의 어떤 특정한 기간이나 장소를 회상하는 단어다.

17세기, 스위스의 정신과 의사인 요하네스 호퍼는 전쟁터의 군인들이 집으로 돌아가고 싶어 하며 고통스럽게 지내는 것을 보고 이를 심리적인 병으로 진단한다. 하여, 귀향(nostos)과 고통(algos)을 합성하여 노스탤지어(nostalgia)라고 명명했다. 그러나 요즘의 '노스탤지어'는 병이라기보다는 사람에게 자연스럽게 나타나는 긍정적인 정서로 이해하여 향수와 그리움으로 해석한다. 단어의 정의도 세월이 지나면 그렇게 달라진다.

인간의 뇌에는 지나간 날을 회상할 때, 다른 어느 곳보다 활성화되는 부위가 있다고 한다. 예전에 겪었던 어떤 일을 단순하게 기억만 하는 게 아니라 기억을 넘어서서 따뜻함과 즐거움, 안락함과 행복감 같은 긍정적인 감정까지 불러온다는 것이다.

이를 테면 '그때는 몹시 힘들고 어려운 나날이었지만 돌이켜 보니 아름다운 시절이었다.'라는 느낌을 받는 경우를 말한다. 그렇다면 끔찍스러웠던 기억도 세월이 흐르면 그리움으로 승화될 수 있다는 의미다.

어쩌면 옥수수죽이라도 먹을 수 있어 다행이었다는 나의 인식과 국수며 우거짓국은 쳐다보기도 싫다는 시장 할머니와 내 친구가 느끼는 감상의 차이가 오늘날 그리움과 끔찍함으로 나누어졌는지도 모르겠다.

글을 쓰다 보니 불현듯 옥수수죽이 먹고 싶어진다.

요즘도 옥수수 가루를 팔까? 시장 간 아내에게 옥수수 가루 파는 가게가 있으면 조금 사 오라고 전화해야겠다.

매일 별거하는 부부

2부

행복에 대한 소록(小錄)

화양연화(花樣年華)

'인생에서 가장 아름답고

행복했던 순간'을 뜻한다.

어느새 흐르는 시간이

아까워지는 나이가 된 나도

가끔 스스로에게 묻는다.

"내 인생의 화양연화는 언제였을까?"

행복의 조건

　인도네시아의 보르네오에는 수상가옥에서 생활하는 바자우족이 살고 있다. 도시 가까운 곳에 사는 사람들은 그나마 문명의 혜택을 받고 있지만 오지로 들어가면 사정이 달라진다. 그들이 살고 있는 집은 초라하기 그지없다. 나무 조각과 껍질을 사용하여 얼기설기 엮은 마루, 있으나 마나 한 칸막이 벽, 나뭇잎으로 덮은 지붕을 받치고 있는 기둥은 곧 부러질 것처럼 위태롭다. 그들은 작살로 고기를 잡고 대왕 조개를 채취하며 생계를 유지한다.

　마을을 찾아온 여행자가 통나무배를 만들고 있는 바자우족 청년에게 물었다.

　"배 만들어서 뭘 할 거죠?"

　"고기 잡아야죠."

　당연한 것을 왜 묻느냐는 표정으로 힐끔 쳐다보는 청년.

　"몇 살이죠?"

　"몰라요."

　"생일은요?"

　청년은 대답 대신 고개를 젓는다. 청년만 그런 것은 아니었다. 주변 사람 모두가 자신의 나이도, 생일도, 오늘이 몇 월 며칠인지, 또 무슨 요일인지도 모른단다. 알 수도 없거니와 알 필요도 못 느끼는 모양이다. 그들은 시간이 멈춘 공간에서 살고 있었다. 여행자가 청년에게 다시 물었다.

"행복하세요?"

"네."

바자우족에게는 '더 원한다.'와 같은 뜻의 말은 없단다. 그래선지 주어진 여건에 만족하며 산다. 그런 그들에게 행복의 조건을 얘기하는 자체가 부질없는 일일 것 같다.

유엔을 비롯한 유관 기관에서는 해마다 세계 여러 나라의 국민을 대상으로 행복지수를 조사하여 발표하고 있다. 조사기관과 설문 내용에 따라 다소 차이는 나지만, 국민 행복지수가 높은 나라의 앞줄에는 핀란드, 노르웨이, 아이슬란드, 덴마크 등등 북유럽 국가가 포진하고 있다. 그 이유로는 오염되지 않은 자연환경과 더불어 무상 교육을 비롯한 촘촘한 사회 복지를 예로 들었지만, 그보다 더 중요한 것은 '서로를 존중하며 가진 것에 만족하는 마음' 때문이란다. 하지만 전혀 예상치 못한 나라가 앞자리를 차지하는 것은 어떻게 이해해야 할까.

국민소득이라고 해야 세계 161위에 불과하지만 국민의 97%가 행복하다고 대답한 은둔의 왕국 부탄, 국민총생산량 세계 185위인 남태평양의 작은 섬나라 바누아투공화국도 그 이름을 상위권에 올릴 때가 있다.

세계 여러 나라를 둘러보고 온 부탄의 국왕 츠크는 고민에 빠졌다. '이 나라를 잘사는 나라로 만들 것인가. 아니면 국민이 행복한 나라로 만들 것인가.'라는 갈림길에서 행복을 선택한 국왕은 무상 교육과 무상 의료부터 시행하기 시작했다.

그래선지 부탄에는 고아원이며 노숙자가 없다. 그뿐이랴, 수도인 팀푸를 비롯한 그 어느 도시에도 교통정리를 위한 신호등 하나 없다. 그리고 나라 안에서 생산되는 농작물은 모두 유기농이다. 국민의 건강을 위해서란다. 오염되지 않은 청정한 자연, 완벽하게 보장된 사회 제도 안에서 사는 사람이 자신은 행복하다고 느끼는 것은 당연지사 아닐까.

바누아투 국민들도 말한다. 땅이 있어 농사를 지을 수 있고, 바다가 있어 고기를 잡을 수 있기에 행복하단다. 예컨대 필요한 것은 노력하면 얻을 수 있다는 긍정적인 사고방식이 그들을 행복하게 하는 모양이다. 빈부 차이가 적다는 것도 뺄 수 없는 요인 중의 하나다. 이리저리 둘러보아도 그 살림이 그 살림이니 갈등을 느낄 이유가 없다.

국력과 국민이 느끼는 행복지수는 일치하지 않는다. 2017년, 경제개발기구의 발표에 의하면 국민총생산량 세계 12위를 자랑하는 우리나라 국민이 느끼는 행복지수는 조사 대상 38개국 중에서 29위에 불과했다. 또 2018년 유엔 산하 156개국 중에서는 57위에 머물렀단다. 왜 그럴까. 그건 경제의 양극화와 불평등 때문일 수도 있다. 부자는 더 가지려고 애쓰고 가난한 자는 가진 것 지키려고 발버둥 친다. 그런 사회에서는 누구도 행복할 수 없다. 뺏으려는 자와 뺏기지 않으려는

매일 별거하는 부부

사람 모두 그 마음이 허기져 있으니까. 그래서일까. 노자(老子)는 이런 말을 남겼다.

"만족을 알지 못하는 것보다 더 큰 화는 없고, 욕심을 내어 탐하는 것보다 더 큰 허물은 없다."

당연한 얘기지만, 행복하다고 느끼는 개인이 많을수록 국민 행복지수는 올라간다. 개인의 행복은 화목한 가정에서 비롯되고 가정의 화목은 부부의 마음먹기에 따라 달라지기도 한다.

눈높이가 다른 부부는 다툼이 잦다. 그래서 잘못된 선택을 했노라고 후회하며 서로를 원망한다. 불화의 시작이다. 하지만 비슷한 짝을 만난다는 것이 그리 쉬운 일인가. 그게 쉽지 않다면 살아가는 동안 서로의 눈높이를 조절하면 어떨까? 높은 눈은 내리고 낮은 눈은 올려서 조화를 이룰 수만 있다면 눈높이 다름이 불행의 씨앗이 될 것 같지는 않다.

아내가 귀밑머리 풀고 내게 시집온 지 48년이 흘렀다. 때로는 알콩달콩, 또 때로는 티격태격하며 살아온 세월이다. 그렇게 살면서 눈높이를 맞추어 왔다. 명심보감의 금언이다.

"큰 부자는 하늘이 내리고 작은 부자는 부지런함에서 온다."

하늘이 내리는 복까지는 감히 바랄 수도 없었던 아내와 나는 부지런함과 검소함을 금과옥조로 삼아 왔다. 하지만 아직 작은 부자도 되지 못했다. 하여 이것저것 아쉬울 때도 많지만 탐낸다고 해서 얻을 수 있는 일도 아니다. 우리는 욕심을 버리기로 했다. 욕심을 버리니 마음이 자유롭다.

마음 편히 사는 것. 그게 바로 행복이다.

매일 별거하는 부부

기다리는 마음

매화는 화려한 멋은 없지만 단아하면서도 고고한 꽃이다. 올곧은 선비의 기상처럼 서늘하다. 게다가 은은하게 풍기는 그 향은 얼마나 감미로운가. 그런 연유로 해서 옛 선비들은 매화를 그들의 전유물인 양 아끼고 사랑했다.

매화는 기다림의 꽃이다. 겨울이라는 인고의 시간을 보낸 후에야 만날 수 있기 때문이다. 그러나 기다림이란 이름의 물결은 얼마나 느리게 흐르는가. 그래서일까? 선비들은 그 지루함을 메우기 위해 구구소한도(九九消寒圖)를 그리며 매화와의 만남을 기대했다. 동지를 기점으로 백지에 매화 81송이를 그린 후, 하루에 하나씩 붉은 칠을 하여 매화꽃 필 무렵에 그림을 완성하는 것이다.

문자로 쓴 구구소한도도 있었다. 9획으로 된 아홉 글자를 염두에 둔 후, 하루에 한 획씩 쓰다 보면 문장이 완성될 때쯤이면 매화가 피는 봄이 온다는 계산이다. 그들은 그렇게 설레는 마음으로 매화와의 만남을 기다렸다. 그러나 어디 매화 사랑만 그러할까? 본디 인생이란 것이 기다림의 연속인 것을.

기다리는 날이 가장 많은 시기는 유치원과 초등학교 시절일 것 같다. 설날과 추석, 생일이며 어린이날은 평소에 원하던 것을 얻을 수 있는 좋은 기회다. 게다가 성탄절까지 더한다면 금상첨화다. 소풍이며 운동회날도 뺄 수 없다. 그날만은 부담 없이 즐거울 수 있기 때문이다.

사춘기 이후의 젊은이가 마음 설레며 기다리는 날은 연인과 만나는 날이다. 그렇다고 해서 얼굴 마주 보며 손을 맞잡아야만 만나는 것은 아니다. 떨어져 있어도 마음과 마음이 하나 되는 것. 그것도 만남이다.

내가 보낸 편지는 받아 보았을까? 또 그이가 보낸 답장은 언제쯤 올까? 우편배달부의 발자국 소리에 귀 기울이던 낭만적인 시절은 옛이야기가 되었고, 인터넷이며 휴대폰이 메신저 노릇을 하는 오늘날에는 옛날과 같은 '아련한 기다림'의 농도는 많이 회석되었지만 소식 오기를 기다리는 마음만은 다를 바 없겠다.

장년의 나이가 되면 기다림의 내용은 보다 현실적이 된다. 안정적인 가정생활과 직장에서의 승진, 또는 사업이 번창하여 사회적으로 대접받기를 원한다.

노년의 기다리는 마음은 과거형이자 미래 지향형이다. 자기 자신의 꿈은 지워 버리고 아들과 딸, 손자, 손녀가 자신이 못 이룬 꿈을 이루어 주길 바란다. 대리 만족이다. 대리 만족이란 단어가 긍정적이라기보다는 부정적인 의미로 해석되기도 하지만 그런 기다림마저 없는 노년의 생활은 얼마나 삭막하고 건조할 것인가.

세상만사는 동전의 양면, 또는 빛과 그림자처럼 서로 다른 두 얼굴

매일 별거하는 부부

을 가지고 있다. 따라서 기다려지는 날이 있는가 하면 오지 말았으면 하는 날도 있다. 학생이라면 오지 말았으면 하는 날의 첫 번째가 시험 치는 날 아닐까. 아마 공부 잘하는 몇몇 학생을 제외한다면 시험이란 괴롭기만 할 게다. 시험 결과가 자신의 위상을 달라지게 하니까. 그래서 성적의 분포도에 따라 갈등과 번민, 좌절 등으로 괴로워하는가 하면 상대적인 우월감으로 마음 들뜨기도 한다.

취업하지 못한 젊은이들이며 미혼의 처녀, 총각 역시 기다리고 싶지 않은 날이 있다. 명절이며 제삿날, 어른의 생신 등등 일가친척이 모이는 날이다. 그럴 때면 인사만 건성으로 한 뒤 바람처럼 사라진다. 취직이며 결혼 문제에 대한 질문에 대답하는 자체가 고역이기 때문이다.

'젊음'이란 한없이 맑고 푸른, 무한한 가능성의 나이라는 뜻이다. 그래서 젊은이들이 꾸는 꿈을 청운(靑雲)의 꿈이라고 한다. 그러나 오늘의 젊은이들은 취직과 결혼이라는 가장 기본적인 꿈도 이루기 힘든 불확실성의 세계에서 방황하고 있다.

그런 자녀를 둔 부모들에게도 오지 말았으면 하는 날이 있다. 절박함 때문이다. 아직 자녀들의 학업도 끝내지 못했고 짝도 맺어 주지 못했는데 언제 직장을 떠나야 할지 모른다. 또 정년퇴직일은 왜 그리 빠르게 달려오는가.

어린이에게 있어 설이 최고의 명절이라면 노인들에게 있어 설은 또 다른 의미로 다가온다. 그래서일까. 조선 중기의 실학자 이수광은 그의 저서 『여지승람』에서 설날을 달도일(怛忉日)이라고 표현했다. 칼로 마음을 찌르듯이 아프고 슬픈 날이라는 뜻이다.

여러 의미가 있겠지만 부질없이 한 살 더 먹어야 한다는 서글픈 심사도 포함되어 있을 게다. 이루고 싶은 꿈은 아직 많이 남았는데 자신에게 주어진 시간은 점점 줄어들고 있다는 공허함 때문일 수도 있겠다. 그래서 별로 반갑지 않다.

외면한다고 해서 시간이 멈추지는 않는다. 하지만 꿈 한 조각이라도 아직 남아 있고, 그 꿈이 이루어지길 기다리는 마음만 있어도 공허함의 빈자리를 얼마쯤은 채울 수 있을 것 같다.

화양연화(花樣年華)라는 한문 숙어가 있다. '인생에서 가장 아름답고 행복했던 순간'이라는 뜻이다. 여느 노인들처럼 흐르는 시간이 아까워지는 나이가 된 나도 가끔 스스로에게 묻는다. "내 인생에서의 화양연화는 언제였을까?"

대단할 것도 없는 꿈의 성취와 좌절로 해서 환희와 비탄이 교차했던 지난 어느 날이었을까? 아니면 아직 오지 않았을까? 그렇다면 얼마나 더 기다려야 할까? 어쩌면 작은 보람에도 만족하며 또 다른 꿈을 꾸고 있는 바로 '오늘'이 내 인생의 화양연화일지도 모르겠다.

매일 별거하는 부부

행복은 그렇게 찾아옵니다

"당신, 2백 50만 원짜리 지갑 구경해 보셨어요?"

내가 무슨 뜬구름 잡는 소리냐며 바라보자 한술 더 뜬다.

"4천 5백만 원짜리 핸드백은요?"

나들이할 때 입을 만한 바지가 없다면서 처제를 따라 모처럼 백화점 순례를 하고 돌아온 아내의 호들갑입니다. 그러면서 또 물었습니다.

"4천 5백만 원짜리 핸드백을 들면 그 값만큼 행복할까요?"

행복의 지수가 상품 가격과 비례한다면, 고작 5만 원짜리 바지 하나 달랑 들고 돌아온 아내의 행복지수 앞에는 마이너스 부호가 붙을 수 밖에 없겠습니다.

사실 아내와 백화점은 거리가 멉니다. 아내가 즐겨 찾는 곳은 백화 점이나 집에서 가까운 대형마트가 아니라 30분이나 걸어가야 하는 재 래시장이니까요. 그래서 달걀 한 판, 양말 한 켤레를 사더라도 꼭 시 장을 찾습니다.

아내는 시장 골목을 누비며 보다 싼 물건을 찾습니다. 단골 상인을 만나면 수다를 떨고 그 수다 속에 들어 있는 흐뭇한 이야기와 아픈 사 연을 들으며 같이 기뻐하고 같이 안타까워합니다. 시장 골목에서 또 다른 세상을 보는 것이지요.

가끔은 나에게 SOS도 칩니다.

"짐이 너무 무거워요."

마중 간 내가 무얼 이리 많이 샀느냐고 나무라면

"너무 싸고 싱싱해서 애들에게도 나누어 주려고요"

두 며느리 핑계를 대면 할 말을 잊고 맙니다. 대수롭잖은 찬거리지만 아내는 나누어 줄 수 있음을 기꺼워하는 게지요.

집으로 돌아온 우리는 시장에서 사 온 따뜻한 두부를 안주 삼아 막걸리를 나누어 마시며 이야기의 꽃을 피웁니다. 그러면서 우리 삶도 이만하면 괜찮은 편 아니냐며 자위하곤 합니다. 두부 한 모와 막걸리 한 통, 금액으로 따지자면 몇 푼이나 되겠습니까마는 그 값의 몇 배나 되는 행복을 맛볼 수 있으니까요. 그렇다면 행복의 농도가 반드시 가격과 비례하는 것은 아닌 모양입니다. 행복에는 가격표가 없으니까요.

우리 부부의 취미 생활 중에서 으뜸은 등산입니다.

길섶에서 하늘거리는 야생화. 그 꽃을 찾아다니는 벌과 나비. 메뚜기며 쇠똥구리 같은 곤충들. 산새 소리. 땀에 젖은 이마를 스치고 가는 산들바람이 마음을 씻어 줍니다. 어디 그뿐이겠습니까. 산정에 서서 사위를 둘러보며 마시는 정상주(頂上酒)의 짜릿함과 나른함이 우리를 행복하게 합니다. 그러나 무엇보다 큰 기쁨은 아직 산을 오를 만큼 건강하다는 자부심일 것 같습니다.

산이 아니래도 좋습니다. 우리 집에서 가까운 양산천의 산책로는 아름다운 풍광과 넉넉함으로 많은 사람들이 즐겨 찾는 명소입니다. 산책로는 양산천의 맑은 물길을 따라 열립니다. 물도 흐르고 그 길을 걷는 사람들의 마음도 흐릅니다. 또 있습니다. 밤이면 아내와 나는 걷다 말고 산책로 벤치에 앉아 윤동주 시인처럼 별을 헤아립니다. 저건 북두칠성 또 저건 카시오페이아…. 그렇게 우리도 시인이 됩니다. 이런 행복은 전혀 값을 치루지 않고도 얻을 수 있는 행복입니다.

값으로는 환산할 수 없지만 나를 행복하게 하는 것 중의 하나가 '글쓰기'입니다. 그동안 꽤 많은 작품을 써 왔지만 다시 읽는 내 글은 언제나 미흡하기만 합니다. 하지만 내 작품이 게재된 책을 받을 때의 기쁨은 거액의 고료를 받는 명사들의 즐거움에 비해 조금도 손색이 없습니다. 그러나 이 행복이 그냥 얻어지는 것은 아닙니다. 고뇌의 강을 무수히 건너야만 얻을 수 있는 행복이니까요. 그래서 값으로는 따질 수 없는 행복입니다.

나의 글쓰기는 아내에게도 즐거움을 선사합니다. 작품을 완성한 나는 프린트하여 보여 줍니다. 글을 읽은 아내는 내가 미처 발견하지 못한 오타(誤打)와 지나치게 중복된 단어나 어색한 문장을 지적하며 대단한 결점이나 찾아낸 듯이 으스댑니다. 아내 표현대로 "가장 따끈따끈한 원고를 읽었다."면서 흡족해합니다. 그래서 나의 글쓰기는 아내까지 행복하게 하는 묘약이 됩니다.

'인생은 늙어 가는 것이 아니라 익어 가는 것'이라는 노랫말이 있습니다. 그래서일까요. 젊은이들의 대화엔 풋내가 나지만 노인들의 이야기엔 곰삭은 냄새가 풍깁니다. 마음의 잡다한 짐을 내려놓았기 때문입니다. 그 빈 마음은 작은 일에도 만족할 줄 알게 합니다. 또 내려놓은 만큼 지혜로워집니다.

하지만 늘 지혜로운 것은 아닙니다. 바보 같은 짓을 했다며 후회하는 경우도 허다하니까요. 허나 어쩌겠습니까. 이런 어리석음 역시 '늙어 가는 과정에서 생길 수 있는 자연스런 현상'이라며 마음 편히 받아들일 수밖엔 없을 것 같습니다. 편한 마음이 곧 행복이니까요.

나보다 가난한 사람의 생활을 보면 내가 행복하다 느끼고, 나보다 부유한 사람을 보면 자신이 초라하게 느껴지는 것이 인지상정입니다. 내려다보면 행복하지만 치켜보면 불행하다고 느낍니다. 하지만 목이 아프도록 올려다본다 해서 원하는 것을 모두 얻을 수는 없습니다. 그럴 땐 이루지 못한 욕망으로 고통만 남게 마련이지요. 그렇다면 고개 숙여 사소한 일상 속에서 즐거움을 찾는 게 더 나을 것 같습니다. 흐르는 물이 낮은 곳, 빈자리부터 채우는 것처럼 행복도 그렇게 오는 것이니까요.

매일 별거하는 부부

성묘 배낭

경북 칠곡군 석적읍. 읍사무소 뒤 산자락에는 40여 가구가 오순도 순 살고 있는 '포남리'라는 마을이 있습니다. 마을 뒤로는 신장처럼 버 티고 서서 사위를 둘러보고 있는 산이 보입니다.

등기부에 나와 있는 산 이름은 모릅니다. 하지만 포남리 뒷산이니 그냥 포남봉이라고 부르기로 했습니다. 그 포남봉 정상 부근에 5대조 할아버지를 위시하여, 할아버지와 할머니 또 백부님. 그렇게 네 분의 산소가 있습니다.

산소를 관리해 오던 4촌 형님이 별세하자 산소 돌보는 일은 내 차지 가 되었습니다. 뜻하지 않았던 임무를 물려받은 것이지요. 추석 전후 에 벌초를 하고 음력 시월이 되면 묘사를 지내는 것이 일반적인 상식 이지만 우리는 벌초와 묘사를 한꺼번에 합니다. 자주 들리기에는 너 무 먼 곳이니까요.

해마다 가을이 오면 아내와 나는 등산복 차림으로 집을 나섭니다. 조상을 찾아뵙는 후손답잖게 등산복 차림인 것은 한 시간 반 남짓 험 한 산을 올라가야 하는 까닭입니다.

두 아들이 있지만 어려서 아무 도움도 되지 않습니다. 그래서 아들

대신 아내가 빈자리를 대신하기로 했습니다. 걱정스러워서 혼자 보낼 수 없다는 게 아내가 내세운 이유입니다. 그렇다면 이럴 때의 '걱정스럽다'와 '사랑한다'는 동의어가 됩니다. 배낭 안에는 두 자루의 벌초용 낫과 제수 음식, 아내와 나의 요깃거리가 들어 있습니다.

부산에서 기차 타고 왜관까지, 왜관에서 버스로 갈아탄 뒤 한 시간 가까이 더 가야 목적지에 도착할 수 있습니다. 버스에서 내린 아내와 나는 마을을 지나 산길로 들어섭니다. 워낙 사람이 다니지 않아선지 칡넝쿨이 길을 덮어 발목을 잡는가 하면 때로는 산사태로 길이 무너져 있습니다. 그럴 때면 길을 새로 만들면서 올라가야 합니다.

그 길이 고생길인 것만은 아니었습니다. 황금색으로 물든 산이 어서 오라 손짓하고, 다디단 열매를 주렁주렁 매단 키 큰 괴암나무는 "재주 있으면 따먹어 보렴." 하고 우리를 유혹합니다. 또 도시에서는 좀처럼 찾아보기 어려운 들국화가 짙은 향기로 격려해 주기도 하니까요.

5대 조부의 산소부터 먼저 손을 봅니다. 백년도 더 지난 옛날에 별세한 어른의 무덤이라서 그런지 봉분은 왕릉처럼 높고 묘역은 넓습니다. 벌초를 끝낸 아내와 나는 점심을 먹습니다. 음식이라고 해야 별게 없습니다. 컵라면과 김밥 한 줄이 전부니까요.

잠시 누워 하늘을 봅니다. 키 큰 소나무 가지 사이로 보이는 조각하늘은 눈이 시리도록 푸릅니다. 들리는 것은 나무 가지를 흔들고 가는 바람 소리뿐, 태고의 정적이 우리를 감쌉니다. 산소를 돌보기 위해 오르내려야 하는 후손의 수고로움을 생각하지 않는다면 명당자리란 이런 곳이 아닐까 싶습니다.

매일 별거하는 부부

남은 세 분 산소의 풀을 마저 벤 뒤, 묘사를 지낸 아내와 나는 서둘러 하산 준비를 합니다. 하지만 빈손으로 내려오는 일은 드뭅니다. 가끔 눈에 띄는 귀하디귀한 영지버섯이 "심봤다." 외치게 하고, 산소를 지키고 있는 늙은 감나무와 돌배나무가 배낭을 채워 주기 때문입니다. 따 온 감은 아내의 손을 거쳐 감식초로, 돌배는 이강주로 변신합니다.

산을 내려와 마을을 지나갑니다. 밭에서 여인이 무를 뽑고 있었습니다.

"어쩜 저리 잘 생겼을까. 너무 맛있겠다."

미끈하게 생긴 무를 본 아내의 감탄사입니다.

여인이 아내에게 퉁명스럽게 물었습니다.

"등산 갔다 오능교?"

"아뇨, 할아버님 산소에 다녀오는 길이에요."

그 소리를 들은 여인, 커다란 무 두 개를 아내의 팔에 덥석 안겨 줍니다.

"이거 가져가서 맛보소."

목소리마저 상냥해집니다.

새댁 티를 겨우 벗었음 직한 젊은 여인이 시조부 산소를 돌보고 온다는 게 기특했던 모양입니다. 마치 할아버지께서 여인의 손을 통해 주시는 선물 같습니다. 어디 무뿐이겠습니까. 때로는 누렇게 익은 호박이 배낭을 채우기도 합니다. 그렇게 해서 아내의 배낭 속에는 또 하나의 추억이 담겨집니다.

포남봉을 오르내리며 보낸 세월이 얼마나 되었을까요. 아내와 나도 일흔을 훨씬 넘긴 할머니 할아버지가 되었습니다. 지금은 두 아들이 힘을 보태지만 갈수록 힘에 부치는 것은 어쩔 수 없습니다. 아내와 내가 동행하지 못할 때면 두 아들이, 아들이 더 나이 들면 손자가 따라 나서겠지요.

할아버지 잘 만난 아이들은 두 발로 일어서기도 전에 몇 십억 주식 부자가 되고 초등학교에만 들어가도 몇 백억의 부동산을 증여받는다고 하는데, 물려줄 것은 산소밖에 없는 이 할아버지의 마음을 어떻게 달래야 할까요.

하여, 네 분의 산소를 이장하여 문중 납골당에 모시기로 했습니다. 그렇게 되면 기차와 버스를 갈아타고 포남봉을 오르내릴 일은 없어집니다. 하지만 성묘 배낭을 메고 산을 오르내리면서 겪었던 많은 일들은, 인생이란 화선지에 그려진 수채화의 한 부분이 되어 아내의 뇌리에 곱게 새겨질 것 같습니다. 지나간 날은 모두 아름다웠다고 말하니까요.

매일 별거하는 부부

내 나이가 돼 봐라

꼭두새벽, 카톡 소리가 잠을 깨운다. 보낸 사람은 흉허물 없이 지내는 고교 동창생. 내용을 보니 별 게 아니다. 곧장 항의 메일을 보냈다.

'넌 잠도 없냐?'

보내기가 바쁘게 답장이 날아왔다.

'내 나이가 돼 봐라.'

그 친구는 나보다 한 살 많다. 그런데도 어른 행세를 한다.

새벽잠을 깨우는 카톡뿐만 아니다. 실수 또는 고의로 나이에 걸맞지 않은 말이나 행동을 했을 때, 무슨 소리냐며 비아냥거리면 "내 나이가 돼 봐라." 하며 시침을 뗀다. 그런데 자기보다 어린 친구나 후배에게 나이를 강조하는 것은 그러려니 하겠지만, 손위의 친구에게도 "내 나이가 돼 봐라."를 남발하여 우리를 웃게 한다.

해방 전후의 극심한 혼란기에 태어난 우리 세대의 부모님들은, 사느라고 바빠선지 자녀의 출생 신고며 초등학교 입학을 미루는 경우가 많았다. 그래서 같은 반 친구 사이에도 한두 살 차이는 드물지 않았다. 하지만 나이가 많다고 해서 따로 형 대접을 할 수는 없었고 그냥 친구로 지냈을 뿐이었다. 그렇게 너나들이하면서 지내온 세월이 수십

년, 빡빡머리 학창 시절에 만난 우리는 어느새 팔순을 바라보는 할아버지가 되었다.

"내 나이가 돼 바라."는 애교 어린 변명이자 늙으면 실수하게 마련인데 뭘 그리 따지느냐는 항변이기도 했다. 그런가 하면 은근한 나이 자랑도 된다. 하지만 뜻이야 무엇이던 간에 그 말 속에는 나이 들어감에 대한 아쉬움이 잔뜩 묻어 있다.

수명에 대한 인간의 기대치는 어느 선일까. 당나라 시인 두보는 그의 시 「곡강이수(曲江二首)」에서 인생칠십고래희(人生七十古來稀)라며 일흔 넘기기도 어려울 만큼 짧은 인생을 아쉬워했다. 그러나 요즘은 100세 시대를 구가한다. 하지만 오래 산다고 해서 좋기만 한 것일까. 반대급부는 없을까.

노자(老子)는 '오래살기 위해서 애쓰는 것은 재앙'이라고 했다. 물론 노자의 말이 단순한 수명 연장만을 뜻하는 것은 아닐 것이다. 오래 살되 어떻게 사느냐, 즉 삶의 질을 말하는 것일 수도 있다. 경제적인 뒷받침이 되고 몸과 마음이 모두 건강하다면 오래 사는 것을 누가 마다하고 누가 흉보겠는가. 하지만 가난과 병고에 시달리면서 수명만을 연장하기 위한 노력은 재앙이라는 뜻도 내포되어 있을 것이다.

그처럼 늙음에도 등급이 있다. 나이는 같이 먹지만 살아가는 삶의 궤적은 사람마다 다르기 때문이다. 어떤 사람들은 나이가 들면 스스로를 위축시킨다. '칠십 노인이 어딜' 하며 초상집이며 잔칫집은 물론 일반적인 나들이조차 꺼린다. 단장하고 꾸밀 줄도 모른다. 그렇게 해서 스스로를 늙음이라는 우리 안에 가둔다. 그런가 하면 인생은 칠십부터라며 호기를 부리는 사람도 많다.

매일 별거하는 부부

공자는 나이 70이 되어야 '마음이 시키는 대로 해도 이치에 어긋나지 않는다.'고 했다. 정신적으로 완숙기에 들어섰다는 의미일 게다. 그러나 그건 공자 같은 분의 이야기일 뿐, 필부필부들에게는 치매 걱정을 해야 하는 나이 또한 70줄이다.

치매, 원어대로 해석하면 '마음이 지워지는 병'이란다. 마음이 지워진다? 그곳에는 자기 자신은 없고 무엇인지 모를 혼돈과 알 수 없는 공허함만이 자리 잡고 있다. 기억장애와 언어장애, 건망증은 인간다움을 상실하게 한다. 통계에 의하면 65세 이상의 노인 중 8.3%, 85세 이상의 노인은 절반 가까이가 치매 증상을 보이고 있단다.

기억력이 좋은 사람은 치매에 걸릴 확률이 낮아진다고 한다. 하지만 기억의 농도도 나이에 따라 달라지는 모양이다. 나의 경우, 청소년기에 읽었던 시인과 소설가의 작품 제목은 물론 내용까지도 그런대로 기억하고 있지만, 근래에 등단한 문인의 이름이며 작품은 들어도 돌아서면 잊어버린다. 그렇다고 해서 걱정한다고 해결될 일도 아니다. 치매를 예방하는 여러 가지 방법이 있겠지만 내가 택한 방법은 책을 가까이 하는 것이다. 그 효과까지 예측할 수는 없지만 책 읽기를 게을리하지 않는다.

어떻게 하면 여생을 보람 있게 보낼 수 있을까. 모든 노인의 궁금증이자 숙제다. 우선 집착에서 자신을 해방시키자. 집착을 버리면 욕심이 줄어든다. 욕심이 줄면 '유유자적'이며 '여유로움'과 가까워진다. 그리고 그런 마음이 삶의 질을 높이는 방편이 된다.

당나라의 시인 유희이는 「대비백두옹(代悲白頭翁)」이란 시에서 이렇게 한탄했다.

年年歲歲花相似 해마다 피는 꽃은 서로 같은데
歲歲年年人不同 사람은 해마다 같지 않구나

마음 편히 사는 방법은 지난해와 올해의 내가 다름을 인정하는 것이
다. 마음이 늙으면 몸도 늙는다 했으니 마음이나마 젊게 살기 위해 노
력하자. 오는 백발을 막을 수야 없겠지만 지나치게 의식하지도 말자.
때로는 잊어버리는 것이 약이 된다.

해가 바뀌면 원하지 않아도 한 살 더 먹어야 한다. 나 또한 친구며
후배에게 "내 나이가 돼 봐라."라는 농담을 던지게 될까. 그런다고 해
서 어색할 것 없는 나이가 되었지만 아직은 하고 싶지 않은 말이기도
하다.

매일 별거하는 부부

어떤 미소

산세가 부처님이 태어난 인도의 영축산을 닮았다고 해서 그 이름을 얻은 경남 양산의 영축산은 양산과 울산, 밀양시를 아우르는 영남알프스의 중심축의 하나다. 그래선지 다양하게 뻗어 나간 등산로는 말 그대로 사통오달이다. 그 많은 등산로 중에서 내가 즐겨 오르내렸던 길은 중앙 능선 타고 정상에 오른 후, 백운암과 극락암을 거쳐 통도사로 하산하는 코스였다.

정상이 손에 닿을 만큼 높은 곳에 자리 잡은 백운암은 이름처럼 구름 속에 앉아 있는 암자다. 그래선지 암자를 찾은 등산객들은 석간수로 목을 축이며 쌓인 피로를 씻는다. 그런가 하면 수려한 산하를 내려다보며 마음속의 잡다한 생각을 내려놓고 명상에 잠기기도 한다.

백운암을 나서면 너덜겅과 만만찮은 된비알이 기다리고 있어 딴 생각할 겨를이 없다. 하지만 이 길 또한 산객에게 또 하나의 진리를 일깨워 준다. 인생에는 쉬운 길만 있는 것이 아니라는 것을, 그러니 비탈길 내려가듯 조심 또 조심하며 살아야 한다고 일러 준다. 그래서 나는 이 길을 명상 등산로라고 명명했다.

영축산의 명상 등산로는 극락암에서 그 정점을 찍은 뒤, 통도사 경내의 솔밭길로 이어진다. 극람암에 들린다. 영지라는 이름의 작은 연못에는 백련이 피어 소박한 아름다움을 자랑하고, 연못 위에 걸린 홍교는 이름처럼 무지개를 닮았다. 눈을 들어 보면 암자를 에워싸고 있는 푸른 대나무 숲이 보이고, 대나무 숲 뒤로는 울울창창한 소나무가 대나무 숲을 또 둘러싸고 있다. 그리고 그 뒤로 영축산의 기암과 기봉이 절을 지키는 신장처럼 버티고 있다. 그래서 산과 숲과 암자가 절묘한 조화를 이룬다.

대웅전 왼쪽으로 시선을 돌리면 삼소굴(三笑窟)이란 편액이 걸려 있는 작은 건물이 보인다. 절집이라기보다는 여염집 사랑채 같은 이 방이 근대 한국 불교의 대표적인 선승이자 통도사의 방장을 지낸 경봉 스님이 열반할 때까지 30년 동안 머문 처소다.

그런데 왜 삼소굴일까.

어느 날, 목에 걸어야 할 염주가 보이지 않자 스님은 방 구석구석을 뒤진다. 그런데 찾고 있던 염주가 자신의 목에 이미 걸려 있는 게 아닌가. 그걸 깨달은 스님이 "허허허." 세 번 웃었다고 해서 삼소굴이다. 하지만 정작 내가 궁금한 것은 그 웃음의 의미다. 어이없다는 뜻일까. 그럴 수도 있다는 의미일까. 아니면 인생이란 그런 것이라는 가르침일까.

이른 새벽, 방 안의 촛불이 바람에 춤추듯 흔들리는 것을 보고 깨달음을 얻은 스님은 삼소굴에 걸린 주련에 오도송을 적었다.

내가 나를 온갖 것에서 찾았는데
눈앞에 바로 주인공이 나타났네.

허허 이제 만나 의혹 없으니

우담바라 꽃빛이 온 누리에 흐르는구나.

인생에서 무엇보다 소중한 것은 자기 자신을 찾는 일이다. 이 오도
송이 목에 걸려 있는 염주를 찾은 뒤 허허허 하고 웃었다는 삼소의 뜻
을 설명하고 있는 것은 아닐까. 그날 스님이 찾은 것은 염주뿐만 아니
라 자신의 본모습일지도 모른다.

오래전 이야기다. 그날도 영축산을 등반한 아내와 나는 극락암을 거
쳐 통도사로 하산 길을 잡았다. 그런데 통도사로 들어가는 길이 철문으
로 막혀 있다. 왜까? 생각하니 이해 못 할 바는 아니었다. 이 길의 한쪽
은 청정 계곡, 늘 옥수 같은 물이 흐르고 또 다른 쪽은 스님들이 수행하
는 수도처다. 간혹 철없는 등산객이 소란스럽게 떠들며 지나가고 더러
는 계곡으로 내려가 하산주를 마신다며 술판을 벌인다. 어느 경우나 수
행에는 치명적인 유혹, 그래서 아예 길을 막아 버린 모양이다.

그런데 난감하다. 이 길이 아닌 다른 길을 택해 버스 정류장까지 가
려면 한 시간 남짓 산길을 더 걸어야 한다. 해는 이미 산마루에 걸렸
다. 무리하게 등산하느라 지칠 대로 지친 몸. 돌아갈 엄두가 나지 않
는다.

방법이 없을까 하고 철문을 살펴보니 기둥 옆으로 작은 틈이 보이고
사람이 드나든 흔적도 보인다. 그러면 그렇지, 아내와 나도 그 틈새로
몸을 밀어 넣으며 쾌재를 불렀다. 그러나 그게 끝은 아니었다. 얼마
뒤 또 다른 철문이 길을 막고 있었기 때문이다. 사람이 드나들 수 있

게 만든 쪽문에는 자물쇠까지 걸려 있다. 이럴 줄 알았으면 처음부터 되돌아갈걸. 뒤늦게 후회했지만 이미 늦었다.

그때였다. 이럴까 저럴까 망설이는 우리 앞에 구세주처럼 나타난 스님 한 분, 세수(世壽) 일흔은 넘어 보이는 노스님은 우리를 보더니 혀를 끌끌 차며 나무라신다.

"이 사람들아, 들어오지 말라고 했으면 안 들어와야지."

하지만 땀에 젖어 후줄근해진 중년 부부의 몰골이 안쓰러웠던지 열쇠를 꺼내 문을 열어 주신다. 그러더니 언제 화를 냈느냐는 듯이 미소를 지으며 말씀하셨다.

"이왕 들어왔으니 저녁 공양이나 들고 가시게."

불청객의 배고픔까지 신경 쓰신다.

불가(佛家)에서는 웃는 얼굴이 참다운 공양이라고 가르친다. 못마땅하지만 베풀 건 베푼다. 불심이란 본디 이런 것일까? 말씀은 그렇게 하셨지만 공양까지는 차마 청하지 못하고 도망치듯 절을 빠져나왔다.

등산객의 출입을 통제하던 철문은 예전에 없어졌지만, 이 길을 지나갈 때마다 경봉 스님의 허허로운 웃음과 지친 등산객에게 닫힌 문을 열어 준 노스님의 미소를 떠올리며 나 또한 미소를 짓는다.

인생?

．

삶이란 환상과 같고
타오르는 불꽃같으며
물에 비치는 달그림자와 같다　　　　　－ 붓다－

　영결식이 끝난 스님의 시신은 다비식장인 연화대로 옮겨진다. 만장과 향로, 영정이 앞장을 서고, 시신 뒤로는 장의위원과 비구와 비구니, 그리고 불자들이 뒤를 따른다.

　다비식장에는 준비가 끝나 있었다. 통풍이 잘되도록 구덩이를 판 뒤, 통나무를 가로놓았고 그 위에 장작을 옆으로 펼쳐 놓았다. 장작 위에는 화력이 강하도록 숯까지 깔아 놓았다. 관이 눕혀지자 관 위와 옆에도 숯과 장작을 얹고 생나무로 주위를 덮어 준다.

　불을 붙일 준비가 끝나면 선장자의 "거화." 구령에 따라 불을 든 행자가 "스님 집에 불 들어갑니다. 빨리 나오세요." 외치며 불을 붙인다. 치솟아 오르는 불길과 연기. 주위에 둘러선 스님과 불자들은 법성게를 독송하면서 마지막 길을 배웅한다. 그리하여 스님의 육신은 한 줌의 재로 남는다.

다비(茶毘)란 시체를 불에 태우는 화장(火葬)을 일컫는 말로서 산스크리트어의 '자파타(jhapite)'를 음역한 말이다. 불교에서는 모든 생명이 일시적인 것이 아니라 자신의 업력(業力)에 따라 윤회한다고 본다. 따라서 껍데기에 불과한 시신에 집착하지 않고 태워 없애는 것이다. 그런데 왜 "스님 빨리 나오세요." 하며 독촉할까. 마치, 아직도 이승에 미련이 남아 육신 안에서 머뭇거리고 있는 영혼에게 하는 마지막 하소연이자 경고 같다.

사람은 임종하기 전, 무의식 상태에서 꿈을 꾼다. 임종몽(臨終夢)이다. 그 꿈속에서는 자신의 일생이 주마등처럼 스쳐간다고도 했다. 그렇다면 살아가는 동안 덕을 쌓은 사람은 아름다운 꿈을, 악행을 거듭한 사람은 흉몽을 꾸며 괴로워할지도 모른다. 살아온 궤적에 따라 꿈의 내용도 달라질 테니까.

임종몽이 혼수상태에서 자기가 자신에게 하는 마지막 인사라면, 임종게(臨終偈)는 스님의 정신이 맑을 때 문하(門下)를 위해 남기는 말이나 글을 말한다. 86세를 일기로 세상을 떠난 서산대사의 임종게다

80년 전에는 네가 나이더니
80년 후에는 내가 너로구나

그 깊은 뜻을 제대로 이해할 수는 없지만, 너와 나는 둘이 아니라 하나라는 것. 죽음 뒤에는 새로운 탄생이 기다리고 있다는 의미도 내포하고 있을 것 같다. 그런가 하면 초우대종사는 이렇게 탄식하셨다.

매일 별거하는 부부

일생은 봄날의 꿈과 같고
꿈을 말하니 이 또한 몽중몽(夢中夢)

사람의 일생은, 한 줄기 바람 같고, 한 조각의 구름 같아서 인생 자체가 한바탕의 봄꿈처럼 덧없다는 뜻일 게다.

만공선사의 임종게는 특별하다. 아니 임종게라 하기보다는 이별을 주제로 한 연극의 한 장면 같다. 임종하기 전, 스님은 시자(侍者)를 불러 거울을 들고 오게 한 뒤 거울 속에 비치는 자신의 얼굴을 물끄러미 바라보다가 껄껄 웃었다.

"자네와 내가 인연이 다 되어 이별할 때가 되었나 보네. 그럼 잘 있게."

그렇게 해서 스님은 웃으며 자신과 헤어진다.

오래전에 본 TV 방송 중에 〈엄마의 밥상〉이란 프로그램이 있었다. 고향에 남은 어머니가, 집을 떠나 객지에서 살고 있는 자녀들이 좋아하는 음식을 만들어 보내 주는 내용이다.

그날의 주인공은 남편과 일찍 사별한 뒤, 혼자 몸으로 갖은 고생을 다 해 가며 아이들을 키워 짝까지 맺어 준 팔순의 할머니였다. 그러나 자식들은 모두 도시로 떠났고 그녀 홀로 남아 고향집을 지키고 있다.

장면 1

할머니가 음식을 만들어 기다리고 있던 방송 기자에게 넘겨준다.

장면 2

도시의 아파트 전경.

방 안에 모인 아들과 딸.

"그래 이게 바로 엄마의 손맛이야."

음식을 먹으며 다들 즐거워하고 있다.

장면 3

다시 고향집

방송 기자가 할머니에 물었다.

"할머니는 인생을 어떻게 생각하세요?"

잠시 생각에 잠겨 있던 할머니.

"인생? 그거 허망한 거여."

얼마나 힘들게 살아왔으면, 또 얼마나 외로웠으면 그렇게 대답하셨을까. 문득 이 프로그램의 내용이 바뀌어, 객지에서 살고 있는 자식들이 엄마가 좋아하는 음식을 만들어 보내 주었다면, 또 그 음식을 먹고 있는 할머니에게 기자가 같은 질문을 했다면

"인생? 그거 그런대로 살아 볼 만한 것이여." 하고 대답하시지 않았을까.

매일 별거하는 부부

날마다 트로트

"우리 집 TV에는 〈미스터 트롯〉이며 〈미스 트롯〉 같은 트로트 방송 채널이 없나요?"

'코로나19' 탓에 두문불출하다가 모처럼 친구들을 만나 수다를 떨고 돌아온 아내가 내게 물었다. 느닷없이 웬 트로트? 의아스러운 표정으로 바라보았더니, 오늘 만났던 친구들이 이구동성으로 말하더란다.

"넌 그런 것도 안 보면서 무슨 재미로 사니?"

나는 이리저리 채널을 돌려 본다. 그랬더니 〈미스터 트롯〉, 〈미스 트롯〉, 〈트로트 민족〉, 〈트로트 전국체전〉 등등 트로트를 들려주는 채널이 줄줄이 나온다. 마치 트로트 박물관의 문을 활짝 연 것 같다. 하지만 본방송은 예전에 끝났고 재방송에 재재방송들이다. 하지만 처음 보는 사람들에게는 본방송과 다름없다. 그날부터 아내는 트로트 방송 시청하는 재미에 푹 빠지고 말았다.

우리 집에는 두 대의 텔레비전이 있다. 안방에 있는 것은 아내 전용이지만 KBS와 MBC, 그리고 SBS와 교육 방송만 나온다. 아내는 드라마와 뉴스, 그리고 〈세계테마기행〉이며 〈걸어서 세계 속으로〉 등의 여행기를 즐겨 본다.

취향도 나이가 들면 달라지는 것일까. 그랬던 아내지만 요즘은 〈열린 음악회〉, 〈복면가왕〉, 〈불후의 명곡〉 같은 음악 프로그램을 더 선호한다. 그러니 친구가 전해 준 트로트 채널의 정보는 금맥이나 다름없었을 것이다.

거실에 놓인 텔레비전은 내 차지다. 게다가 종합 유선방송이다. 채널을 돌리면 온갖 게 다 나온다. 그중에서도 나는 고전 영화 보는 재미로 소일하고 있다. 〈마음의 행로〉, 〈황혼〉, 〈젊은이의 양지〉, 〈폭풍의 언덕〉 등등 내 젊은 날의 감성을 사로잡았던 추억의 영화를 되돌려보는 시간은, 잊혀져 가는 지난날의 나를 다시 만날 수 있게 해 준다. 그러나 트로트 열풍은 나에게서 영화 보는 즐거움을 빼앗아 가고 말았다.

여느 때 같으면 설거지가 끝나기 무섭게 드라마를 보기 위해 안방으로 들어갔던 아내가 슬금슬금 다가와 내 곁에 앉는다. 말은 없지만 트로트가 방영되고 있는 채널로 돌려 달라는 무언의 압력이다. 나는 영화 보기를 포기하고 트로트 채널을 찾는다. 나에게는 유감, 아내에게는 즐거움의 시작이다.

어차피 빼앗긴 채널에 빼앗긴 시간 아닌가. 나도 아내와 같이 화면을 응시한다. 같은 노래를 몇 번씩 보고 듣다 보니 곡조도 가사도 귀에 익어 간다. 하지만 처음부터 끝까지 아는 노래는 한 곡도 없다. 그저 마음에 와닿는 부분만 기억할 뿐이다.

"님이여, 님이시여…. 내 사모하는 님이여."

매일 별거하는 부부

"고장 난 벽시계는 멈추었는데 저 세월은 고장도 없네."

"맞다 맞다. 네 말이 맞다."

"나이야 가라. 나이야 가라. 나이가 대수냐. 오늘이 가장 젊은 날."

처음부터 끝까지 부를 수 있다면 얼마나 좋을까마는 모른들 또 어떠랴. 내가 기억하고 싶은 부분을 기억하는 것만도 대견스럽다. 하지만 조금쯤은 쑥스럽기도 하다. 나이 탓일까. 아니면 음치라서 그럴까.

하여, 나의 노래는 토막 난 채 뇌리에 남아 있지만 그게 꼭 한심한 것만은 아니었다. 경우에 따라서는 그 토막곡이 사랑의 세레나데가 되고 또 때에 따라서는 얼렁뚱땅 화해의 손짓이 되기도 한다. 그런가 하면 피곤한 일상의 활력소가 되기도 했다.

의견이 맞지 않아 아내가 토라졌을 때 "맞다 맞다. 네 말이 맞다." 능청스럽게 한 소절 불러 주면 아내는 어이가 없는지 피식 웃으며 마음을 푼다. 아직 시도해 보지는 않았지만, 조금 어려운 부탁을 할 때 "님이여, 님이시여…. 내 사모하는 님이여."를 먼저 불러 마음을 흔들어 준다면 아내도 별수 없이 동의할 것 같다.

인생은 물처럼 흘러가야 한다. 물은 토막 나지 않는다. 토막 난 인생은 고장 난 벽시계처럼 병든 인생이다. 그중에서 내가 즐겨 흥얼거리는 노래는 〈오늘이 가장 젊은 날〉이다.

'오늘이 가장 젊은 날'이 살아오는 동안 가장 젊었던 날을 의미하지는 않는다. 사전에서는 젊음을, '젊은 상태' 즉 나이가 적고 혈기가 왕성한 때라고 정의한다. 젊음의 다른 이름은 청춘이고 그 색은 푸르다. 그렇다면 인생에서 가장 젊은 날은 언제쯤이었을까.

꿈과 희망으로 마음 들뜬 학창 시절? 사랑하는 사람과 내일을 꿈꾸었던 날? 미래를 향해 끝임 없이 도전했던 중년 시절? 아니면 고고성을 올리며 태어났던 날? 그러나 태어난 날은 가장 젊은 날이 아니라 가장 어린 날이다. 그러기에 내가 흥얼거리고 있는 '젊은 날'은 아직 오지 않은 날 중에서 오늘이 가장 '푸른 날'이라는 뜻이다.

그러나 젊음이란 시간은 얼마나 빨리 흘러가는가. 그러기에 더 소중하다. 그렇다면 어떻게 살아야 할까. '오늘이 가장 젊은 날'은 살아오는 동안 이루고 싶었지만 아직 못 이룬 꿈을 위해 다시 일어서는 날이다.

요즘 들어 아내가 내 옆자리에 앉아 채널을 돌리게 하는 시간이 많이 줄어들었다. 너무 자주 보고 들어서 신선미가 떨어져 흥미가 반감되었단다. 하여 나도 빼앗긴 채널을 제법 되찾았다. 하지만 '맞다 맞다.'며 '내 사모하는 님이여.', '오늘이 가장 젊은 날'이라는 노랫말은 오래 기억될 것 같다.

들숨과 날숨 사이

그랬다. 성묘, 등산, 여행 등 76이라는 내 나이를 의식하지 않은 잇단 강행군이 화근이었다. 혈뇨(血尿)가 나왔다. '그래, 피로가 쌓여서 그럴 거야. 과로하면 소변에 피가 섞여 나온다잖아.' 스스로 분석한 후, 별것 아니라는 진단을 내린다. 그러나 전립선암에 걸려도 혈뇨가 나올 수 있다고 하니 조금쯤은 찜찜하고 께름칙하다. 하여, 내키지 않는 걸음으로 병원을 찾았다.

소변 검사, 혈액 검사, 초음파 검사까지. 검사는 일사천리로 진행되었다.

"혈액 검사 결과 PSA 수치가 5.5로 나왔습니다. 5.5는 암일 수도 있고 아닐 수도 있는 애매한 수치지요."

이어 초음파 사진을 보여 주며 의사가 말했다.

"여기 보이시죠? 희미하게 빛나는 동그란 것. 아무래도 MRI로 다시 찍어 봐야 확실할 것 같습니다."

마음이 언짢아진다. MRI 촬영까지 해야 한다면 좋지 않은 징조다.

MRI 촬영실. 촬영대에 누우니 기사가 귀마개를 씌워 준다. 웬 귀마개? 내 몸이 동그란 통속으로 들어가자 '따따따따, 쿵쾅, 쿵따따, 쿵쿵

쿵쿵….' 기관총 소리, 딱총 소리, 천둥소리, 방아 찧는 소리 등등 세상의 시끄러운 소리는 모두 등장하여 내 귀를 먹먹하게 한다.

의사가 MRI 사진에 찍힌 두 점을 가리키며 말을 이어 갔다.

"요 두 점이 의심스럽습니다. 정확한 진단을 내리려면 조직검사를 해야 하는데 위치가 아주 나빠요. 아무래도 입원하여 전신 마취를 한 뒤, 검사해야겠습니다."

갈수록 태산이란 말은 이럴 때 쓰는 것일까. 어차피 내친걸음. 나는 의사의 말에 동의한다.

내 발로 걸어 들어가서 입원하기는 난생처음이다. 아내와 아들이 밤새 지켜 주겠다고 했지만 단호하게 거절한다.

"정맥 주사를 주렁주렁 매단 것도 아니어서 이렇게 자유롭잖아. 그러니 집에 가서 편히 쉰 뒤 내일 아침에 와요."

싫다는 아내와 아들을 억지로 밀어 보낸다. 아내의 성격상 병실에서는 밤새 잠 못 이룰 게 빤하다. 집에서라면 눈 좀 붙이겠지.

다음 날 정오, 수술실로 데려가기 위해 담당 직원이 왔다. 내 눈에는 그 직원이 염라대왕이 보낸 저승사자 같아 보인다. 소요 시간은 마취 시간을 포함하여 두 시간 남짓이란다.

'중앙수술실'의 육중한 문이 열리자 내가 누운 침대는 안으로 빨려 들듯이 들어간다. 갑자기 서늘한 기운이 엄습하여 눈을 감는다. 수술용 침대로 옮기면서 간호사가 물었다.

"성함이 어떻게 되죠? 여기 왜 온지 아세요?"

내 대답이 만족스러웠는지 침대는 다른 곳으로 이동한다.

다른 문 앞, 나를 데려온 직원이 말했다.

"수술 환자 대기 중입니다."

문이 열려 안으로 들어가자 다른 간호사가 다시 묻는다. "성함은? 왜 여기 왔죠?"

문답이 끝나자 다시 자리를 옮겨 눈부시게 밝은 빛 속으로 들어간다.

수술실이다. 또 반복되는 질문. "성함은? 왜 오셨죠?"

그 빛 속에서 나는 생각했다. 지금까지 지나온 어둡고 서늘했던 곳은 연옥이고 이곳은 천당 아닐까? 나는 천당에 올 자격이 있을까. 수술대에 누운 환자치고는 엉뚱한 생각이다.

간호사가 마스크를 씌우고는 말했다. "숨을 깊이 들이키세요." 나는 의식을 잃는다. 얼마나 지났을까. 누군가가 흔드는 것 같아서 눈을 뜬다. 밝은 빛과 더불어 안도하는 간호사의 얼굴이 보인다.

"자 지금부터는 심호흡하세요. 몸속에 들어간 가스를 배출해야 하거든요. 숨을 깊이 들어 마신 후 내쉬세요. 마시고 내쉬고, 마시고 내쉬고…."

금식한데다가 피까지 흘렸으니 기운이 남아 있을 리 없다. 심호흡하기도 힘들다. 그런데도 간호사의 주문은 계속된다. "마시고 내쉬세요."

문득 이승과 저승은 들숨과 날숨 사이에 있다는 옛말이 생각난다. 그랬다. 나의 희미한 의식은 들숨과 날숨 사이에서 오락가락하며 힘들게 버티고 있었다.

그날 밤, 보조 침대에 앉은 아내가 내 팔과 다리를 주무르고 있다. 마음이 불편하니 누워서 눈 좀 붙이라고 권했지만 잠시 후 다시 일어난다. 누우니 깊디깊은 수렁으로 빨려 들어가는 것 같아서 싫단다. 그러니 앉아 있는 게 더 편하단다. 아내가 잠들지 않으니 나도 잠이 오지 않는다. 하여, 우리는 살아온 이야기며 살아갈 이야기를 나누며 뜬 눈으로 밤을 새웠다.

조직 검사 결과를 보기 위해 열흘 후에 다시 오란다. 그 긴 기다림의 시간, 기다림은 설렘이다. 지루함이다. 사랑에 눈뜬 젊은이들의 기다림이 그렇고 병상의 환자들이 그렇다.

병원 문을 두드린 지 두 달 남짓, 믿는 곳도 없으면서 별 동요가 없었던 나와 달리 아내는 노심초사했다. 혼자서 얼마나 속을 끓였던지 드문드문 보였던 흰 머리카락이 눈에 띄게 늘었다. 내 탓이다. 미안하고 안쓰럽다.

결과를 확인하는 날, 나보다는 겁이 많은 아내를 진정시키기 위해 아들 며느리 등 일개 분대가 병원으로 몰려갔다. 두려워서 진료실에 들어가지 않겠다는 아내 대신 아들이 나와 같이 들어간다. 그곳에 버티고 있는 것은 염라대왕. 그랬다. 그때의 의사는 염라대왕이었다. 중죄를 지었으니 당장 수술 준비를 하라고 호통을 칠까. 아니면 사안이 경미하니 이승으로 돌아가라고 할까. 그 염라대왕이 밝게 웃으며 말했다.

"암은 아니니 염려하지 마세요."

한순간에 긴장이 풀린다. 밖으로 먼저 나온 아들이 가족들을 향해 웃으며 동그라미를 그렸다. 아내의 얼굴에 웃음꽃이 핀다.

병원 문을 나서던 아내가 내 손을 꼭 잡고 울먹이는 목소리로 말했다.

"당신, 나보다 먼저 가면 안 돼요. 아셨죠?"

매일 별거하는 부부

내려놓거나 버리거나

농어촌 생활에서 꼭 필요한 생활 용품 중의 하나가 소쿠리다. 요즘은 플라스틱으로 만들지만 예전에는 대나무나 싸리나무로 만들었다. 크기도 다양하여 용도에 맞게 골라 사용할 수 있다.

밤이며 대추를 비롯한 과일을 담아 두는가 하면 수수, 콩 등 곡식의 씨를 보관하는 저장고 역할도 한다. 그런 소쿠리에서 굳이 낭만을 찾고 싶다면, 잠시 지난 시절로 되돌아가서 나물 캐는 소녀를 연상해도 좋을 것 같다.

봄날, 앳된 처자들은 소쿠리를 옆에 끼고 초록 들녘을 누비며 나물을 찾는다. 무엇이 그리 재미있을까. 서로 얼굴 마주보며 소곤거리다가는 깔깔 웃는다. 그러나 큰아기들은 나물을 캐다말고 장밋빛 미래를 그려보며 남몰래 수줍은 미소를 짓기도 했다. 그때의 소쿠리에는 한 줌의 낭만이라도 담겨 있었지만 이름이 바소쿠리로 바뀌면 의미가 달라진다.

바소쿠리는 싸리나 대오리로 만들어 지게에 얹은 후, 곡식이나 비료 등 무거운 짐을 나를 때 사용한다. 그런데 바소쿠리를 지는 사람은 먹고살 만한 양반이나 부자가 아니라 가난한 촌부와 머슴들이었다. 그러니 바소쿠리는 낭만이 아니라 무거운 짐이었다. 하여, 등에 진 짐의 무게만큼 그들의 삶도 비틀거릴 수밖에 없었다.

세상에 태어나서 짐 지고 걷지 않는 사람은 없다. 뿐더러 어떤 짐을 지느냐에 따라 삶의 궤적도 달라지게 마련이다. 또 육신이 져야 할 짐이 있는가 하면 마음에 안고 가야 할 짐도 있다. 어느 게 더 무거울까.

재물과 권력에 대한 집착, 이룰 수 없는 꿈에 대한 좌절, 그리움과 미움, 분노, 후회, 사랑으로 인한 번민 등등 헤아리기 어려울 만큼 많은 근심 걱정이 응어리가 되어 마음을 무겁게 한다. 인도의 수도승들은 "네게 지워진 짐 중에서 스스로 선택하지 않은 짐은 내려놓아라." 라고 설법한다지만 그게 말처럼 쉬운 일은 아니잖은가.

'하늘은 감당할 수 없는 짐은 지우지 않는다.'고 했다. 그런가 하면 장자(莊子)는 '대지는 나에게 몸을 준 뒤, 삶을 주어 힘쓰게 하고, 늙음으로 편안하게 하고, 죽음으로 쉬게 한다.'고 말했다. 장자의 그 말은 인간이 숙명처럼 지고 갈 수밖에 없는 짐을 온전히 내려놓을 수 있는 길은 죽음이라는 의미도 될 것 같다.

내려놓을 수만 있다면, 비록 다시 져야 할망정 잠시만이라도 짐을 내려놓자. 얼마나 가벼운가. 가벼움은 자유이자 행복이지만 무거움은 구속이고 불행이다. 마음이 그렇고 몸도 그렇다. 어차피 져야 할 짐이라면 거부하지도 말자. 결국 자신에게 지워진 짐은 혼자 감당해야 할 멍에이니까.

요즘 들어 사회적인 문제로 대두되는 것 중의 하나가 나이 많은 운전자가 일으키는 교통사고다. 사고로 해서 자신이 다치는 일은 어쩔 수

매일 별거하는 부부

없다 하더라도 순간의 부주의로 죄 없는 사람의 생때같은 목숨을 앗아
간다는 게 문제다. 그 피해를 막기 위해 관계 기관에서는 고령자의 운
전면허증 자진 반납을 종용하고 있지만 효과는 미미한 모양이다.

그건 '나는 괜찮다.'라는 자만심과 '이 나이에도 자가용을 몰고 다닌
다.'는 자기 과시와 편리함, 또는 '가진 것 버리기 싫다.'는 소유욕 때
문이리라. 그렇다면 나 역시 그 대상에서 자유스러울 수는 없다.

군 복무 중이던 20대에 면허증을 딴 나는, 50년의 세월이 흐르는 동
안 사고 한 번 내지 않았고 벌점 한 번 받은 일이 없다. 생계를 위해
서 영업용 차량을 몰고 다닌 일도 없었거니와, 자가용조차 없으니 운
전할 일이 없었기 때문이다. 그런 운전면허증을 장롱면허증이라고 한
다. 그렇다고 해서 마냥 마음 편했던 것은 아니다. 면허증을 재발급받
을 때마다 갈등을 느꼈으니까.

"그냥 버려야 하나?"

"앞으로 무슨 일이 생길지 사람 일을 뉘가 알랴."

"귀찮지만 새로 발급받자. 없는 것보다는 있는 게 든든하니까."

그러면서 갱신하고 또 갱신하면서 버텨 왔다. 그랬다. 나에게 있어
운전면허증은 먹을 것도 없지만 버리기도 아까운 계륵 같은 존재였다.

올해도 적성 검사를 받은 뒤 면허증을 갱신해야 한다. 그런데 지금
까지와는 달리 노인들에 한해서는 절차가 복잡해졌다. 유효 기간도 5
년에서 3년으로 대폭 축소되었다. 바꿔야 하나 버려야 하나. 망설이
던 내가 버리기로 마음먹은 것은 아내가 던진 한마디 말 때문이었다.

"나, 당신이 운전하는 차 무서워서 못 타요."

세상에…. 아내도 못 믿는 내 운전 솜씨. 버리는 것이 마땅하지 않

겠는가. 하지만 조금쯤은 아쉽다. 아쉬워도 버릴 건 버려야 한다. 운전면허증, 그것은 내가 버려야 할 많은 짐 중의 하나일 뿐이다.

추풍단선(秋風團扇)이란 사자성어가 있다. 가을철의 둥근 부채라는 뜻이니 철이 지나서 쓸모없게 된 물건을 말한다. 우리는 가을날의 부채처럼 내려놓거나 버려야 할 것에 너무 집착하며 살고 있는지도 모른다.

대하소설 『토지』를 쓴 박경리 여사는 임종을 몇 달 앞둔 어느 날, 지나온 날을 되돌아보며 이렇게 술회했다고 한다.

"아아, 편안하다. 늙어서 이렇게 편안한 것을…. 버리고 갈 것만 남아서 참 홀가분하다."

죽음에 대한 공포는 나이가 들수록 심해진다. 그날이 가까워오기 때문이다. 그러나 버릴 것 다 버리고 떠나는 저승길은 꽃길일 것만 같다. 내려놓자, 그리고 버리자.

매일 별거하는 부부

느리게 또는 빠르게

음악은 소리의 예술이다. 그 소리는 너무나 오묘하여 듣는 이로 하여금 눈물짓게 하는가 하면 덩실덩실 어깨춤을 추게도 한다. 그래선지 오선지 위에 그려진 음표도 한 방울의 눈물 같은가 하면 춤추는 무희의 모습을 닮았다. 어느 분야의 예술이 그렇지 않을까마는 음악의 섬세한 감성과 미묘한 파장은 특히 예민하여 용어부터가 예사롭지 않다.

우선 빠름에 대한 용어부터 들어 보자. 빠르게 '알레그로'가 있는가 하면 점점 서두르라는 '스트린젠도', 점점 더 빠르게 하라는 '아첼레란도'도 있다. 느림은 또 어떤가. 침착하게 느리게 하라는 '아다지오', 점점 느리게 하라는 '랄렌탄도', 그런가 하면 장중하게 느리게 하라는 '그라베'도 있다. 점점 서두르는 것과 점점 더 빠른 것. 침착하게 느린 것과 장중하게 느린 것은 어떻게 다른가?

문외한인 나로서는 구분하기조차 어렵다.

어디 음악만 그럴까. 인생 또한 빠르다가 느리게, 때로는 가볍다가 장중하게 연주하는 교향곡 같은 것은 것이다. 그런데도 언제부터인가 우리 사회는 발 빠르게 움직이지 않으면 도태라도 되는 양, 알레그로나 아첼레란도만을 강요하며 사람들을 빠름의 물결 속으로 내몰고 있다.

시간이 흐르는 속도는 나이와 비례한다고 한다. 즉 30대가 느끼는 시간의 속도는 시속 30km이지만 50대는 50km, 70대는 70km로 흐른다는 것이다. 그런 연유로 남아 있는 시간이 많은 젊은이들일수록 흐름은 느리다.

노년기에 들어서면 문제가 달라진다. 아직도 못다 한 일이 많은데도 남아 있는 시간은 턱없이 부족하다. 그래서 초조해진다. 마음이 조급하다 보니 실수가 많아지고 그럴 때마다 후회를 남긴다.

그렇게 '빨리빨리'를 외치며 정신없이 내달리다가 인생의 어느 모퉁이에서 잠시 숨을 가다듬으며 뒤돌아볼 때, 성취와 만족의 그늘에서 우왕좌왕하고 있는 낯선 얼굴을 보게 된다. 후회라는 이름의 또 다른 자기 얼굴이다.

그들은 "이렇게 할걸.", "그렇게 했을걸." 등등 '걸, 걸'을 남발하며 이미 가 버린 날의 마음 밭을 부질없이 헤집고 다닌다. 그렇다면 어떻게 시간을 활용해야 인생의 마무리를 잘할 수 있을까? 현인들은 바쁠수록 느리게 살라고 했다. 바쁠수록 돌아가라고 했다. 느림은 여유이기 때문이다.

빠름이 만병통치약이 될 수 없다는 것을 느낀 까닭일까. 언제부터인가 빠름에 저항하는 슬로시티 운동이 서서히 확산되고 있다. 슬로시티를 처음 시작한 그레베누의 사투르니발 시장은 "느림은 빠름의 반대말이 아니라 자연과 환경, 시간과 계절, 그리고 우리 자신을 존중하며 여유롭게 사는 것"이라고 강조한다. 그래서일까. 심신의 안녕과 행복을 추구하는 웰빙, 상처받은 몸과 마음을 치유하여 심신을 온전한 상태로 회복시키자는 힐링 등 생소한 단어도 언제부터인가 우리 마음

매일 별거하는 부부

을 사로잡고 있다.

미얀마의 승려 학교에서는 신뿌(수련 승려)에게 하루 두 끼의 식사만 제공한다. 식사의 내용도 밥과 사과 한 알이 전부란다. 그러나 식사 시간은 한 시간이나 주어진다. 식사 후, 남은 시간은 명상에 잠긴다. 그들은 서두르는 것은 도를 닦는데 아무 도움이 되지 않는다고 믿는다. 수련 승려가 아니더라도 마찬가지 아닐까. 모자라는 것을 탓하기보다는 주어진 것을 효율적으로 활용하기 위해서는 느긋해져야 할 필요가 있다.

돌이켜 보면 바쁘게 내닫노라 잃어버린 게 참 많다. 그렇다고 해서 언제까지나 후회만 하고 살 수도 없다. 황혼의 오솔길을 걷고 있는 노인들에게 필요한 것은 '했을걸'이 아니라 '할 거야'다.

지금은 이루지 못한 젊은 날의 꿈을 찾아서 새로운 여행을 떠나야 할 때다. 그래서일까. 뜻있는 노인들은 하고 싶었지만 하지 못한 일을 나열한 버킷리스트를 만들어 점검하고 실천한다. 버킷리스트를 만들었다고 해서 모두 이루어지는 것은 아니다. 그렇다면 '얼마나 많은 꿈'보다는 '제대로 이룬 꿈'이 더 소중하다.

바쁘게 서둘러서는 될 일도 안 된다. 노인들에게 정말 필요로 하는 것은 느리게 사는 법을 배우는 것이다. 무리하지 말자. 무리함의 뒤끝에는 언제나 후유증이란 꼬리표가 붙는다. 그렇다고 해서 느린 것, 여유로운 것은 마냥 좋은 것이고 빠른 것은 나쁘기만 한 것일까.

유유범범(悠悠泛泛)이라는 한문 숙어가 있다. 무슨 일이던 다잡아서

하지 않고 느리며 조심성이 없다는 뜻이다. 시간은 넉넉하지만 오히려 그 시간이 태만을 불러와서 제대로 결실을 맺지 못한다는 의미도 된다. 그렇다면 느리고 여유로운 것이 언제나 좋기만 한 것은 아니라는 이야기 아닌가.

다시 '유유범범' 속으로 들어가 보자. 그 해석 중에 '다잡다'라는 단어가 보인다. 다잡다는 '헛된 마음이나 들뜬 마음을 버리다'라는 뜻이다. 헛되거나 들뜬 마음을 버리려면 얼마만큼은 긴장해야 하고 필요하다면 빠른 결단도 내려야 한다. 그처럼 같은 숙어지만 전혀 다른 길이 제시되기도 한다. 어떤 길을 선택할 것인가는 마음먹기에 달렸다.

빠름과 느림의 적절한 조화, 그것이 지혜로운 삶이고 그렇게 산다면 못 이룰 꿈도, 후회할 일도 없을 것 같다. 하지만 그런 삶이 어디 말처럼 쉬운가. 후회 없는 인생이란 어차피 존재하지 않는 법. 꿈을 다 이룰 수 있다면 좋겠지만 이루지 못한 꿈이 남아 있다고 한들 또 어떤가. 주어진 만큼 열심히 살았으면 그만인 것을.

장꾼들

대형 마트를 이용하는 신세대 젊은이들에게는 생소하겠지만, 우리 주변에는 아직도 오일장이 열리는 곳이 많이 있습니다. 오일장의 주인공은 당연히 장꾼들입니다. 사전에서는, 장에 모여 물건을 사고파는 사람들을 통틀어서 '장꾼'이라고 정의합니다. 그러나 아무리 좋은 사전이라고 해도 장꾼들의 애환까지는 풀어내지 못하고 있습니다.

아내가 시장 갈 차비를 하면서 혼잣말처럼 중얼거립니다. "오늘은 장 볼 게 많은데…." 도와줄 수 없겠느냐는 간접 표현입니다. 나는 흔쾌히 짐꾼 노릇을 자청합니다.

시장 입구에서 처음 만나는 단골 상인은 조개며 청각 등 해산물을 파는 '가덕도 할매'입니다. 그런데 이 할머니에게서 물건을 살 땐 조심해야 합니다. 덤으로 더 달라거나 값을 깎자고 했다가는 욕먹을 각오를 단단히 해야 합니다. "꼴값도 못 하는.", "문디 여편네.", "지랄하고 있네." 등등 아주 고약합니다. 그러나 구시렁거리는 할매의 욕설은 아이돌 가수가 부르는 랩처럼 입안에서 중얼거리기 때문에 대부분의 사람들은 자신이 욕먹는다는 것도 모르고 지나가기 마련입니다.

버섯이며 야채를 파는 '김해댁'이 아내를 보고 손을 흔듭니다. 김해댁의 몸집은 우람합니다. 성격도 몸집처럼 괄괄하여 경우에 어긋나는 일을 보면 참지 못합니다. 그래서 골목대장 노릇을 자처하고 있습니다. 그러나 단골손님에게는 얼마나 싹싹한지 모릅니다. 몸집만큼 손이 커서 덤도 후하게 줍니다.

콩나물 장수 할머니가 저만치 보입니다. 시장에서 가장 큰소리치며 장사하는 할머니 중의 한 사람입니다. 콩나물 공장에서 다년간 일했다는 할아버지가 재배한 콩나물은, 맛 좋다는 소문이 퍼져 할머니의 좌판 앞에는 콩나물을 사려는 아낙들이 줄을 섭니다. 기고만장한 할머니, 이천 원어치는 숫제 팔지도 않습니다.

가슴팍이 땅에 닿을 만큼 허리가 굽은 그 할머니에게는 또 다른 자랑거리가 있습니다. 일 년에 수백만 원의 재산세를 납부한다는 자랑이지요. 다른 노점상이, 그렇게 부자면서 웬 청승이냐고 빈정거리면 대답이 걸작입니다.

"내가 좋아서 이라나. 할배가 키워 놓았으니 팔아야지. 우짤끼고." 이번에는 할아버지를 나무라면 이렇게 변명합니다. "아이다. 할배도 나보고 장사 그만하라고 야단친다." 장사하지 말라면서도 꾸역꾸역 콩나물을 재배하는 할아버지, 싫지만 키워 놓았으니 어쩔 수 없이 팔아야 한다는 할머니. 그 참, 쉬우면서도 어려운 산수입니다.

콩나물 할머니 옆에는 '권 씨 할매'가 자리 잡고 있습니다. 희망이라고는 보이지 않는 산골 생활을 청산하고 생면부지의 땅 부산으로 내려왔지만, 배운 것 없고 돈 없는 그녀가 선택할 수 있었던 유일한 호구지책은 난장에서 장사하는 일뿐이었답니다.

매일 별거하는 부부

그렇게 살아온 세월이 벌써 오십 년, 다섯 아이 중에서 넷을 출가시키고 막내와 함께 살고 있는 할머니는 평생을 장돌뱅이로 살았지만 남은 것은 좌판 하나뿐이라며 회한에 젖습니다. 그런데 이 할머니 문제가 참 많습니다.

남들은 잘도 속이는 원산지도 속이지 못합니다. 팔기 위해 야채를 가져왔지만 옆에서 같은 물건을 팔고 있으면 당신이 가져온 물건은 꺼내지도 못합니다. 옆자리 할머니가 얼추 팔았다 싶으면 그때야 주섬주섬 꺼냅니다만, 야채의 으뜸가는 가치는 신선함. 마대자루 속의 야채는 볼품없이 시들었고 시간은 이미 파장이 가깝습니다. 이러니 돈 벌 방법이 없지요.

오랜 단골이라 흉허물 없는 사이인 아내가 무슨 장사를 그렇게 하느냐고 핀잔하면 그 할머니 태연하게 대답합니다. "무슨 떼돈 벌자고 나까지 같은 물건 팔겠노. 그러다간 서로 죽지."

권 씨 할매와 작별하면, 30평 아파트를 처음 구입한 날 너무 행복하여 밤새 울었다는 '씨앗이 아줌마'와 TV에 얼굴 나오는 것을 너무 좋아하는 탓에 어쩌다가 방송국에서 취재라도 나오는 날이면 맨 앞에서 분위기를 잡는 '반찬가게 아줌마'도 아는 체하며 웃습니다.

아내가 그동안 모아 두었던 비닐봉투를 내밀자 '덕계 할머니'가 반색을 합니다. 봉투 값마저 아껴야 할 만큼 그 할머니가 파는 물건은 보잘것없습니다.

안쓰러운 마음에 "이제 그만 쉬시면 어떻겠느냐."고 물어보면 "이 짓조차 하지 않으면 돈 구경을 어디서 하느냐."고 되레 묻습니다. 방 안에 누웠으면 삭신이 욱신거리지만 여기 나와서 하나라도 더 팔기 위해서 애를 쓰다 보면 세상만사 다 잊을 수 있다는 말도 덧붙입니다.

파는 물건이 초라한 대신 할머니는 주문을 받습니다. 씀바귀며 돌미나리 등 구하기 힘든 제철 나물을 부탁하면 들과 산을 헤매며 손수 캐다 줍니다. 오늘도 지난 장날에 부탁한 씀바귀를 캐 왔다며 아내를 부른 것입니다. 그런데 이 할머니 줄담배를 피웁니다. 입과 코에서 나오는 회색 연기 속에 인생의 덧없음이 숨어 있는 것 같아서 마음이 짠해집니다.

마지막으로 찾은 사람은 등긁이며 때수건과 고무줄 등을 파는 '과장 할머니'입니다. 할머니의 아들이 시청의 과장이었다고 해서 그런 별명을 얻었지요. 재고 걱정은 안 해도 좋은 상품이라서 그런지 할머니의 표정은 여유롭습니다.

시장에 나오는 이유도 돈 벌기 위해서라기보다는 세상 이야기 나누며 수다 떨고, 사람 구경하는 재미 때문이랍니다. 그런데 이 할머니, 30년 전 처음 만났을 때의 홍안을 여태 기억하는지 지금도 아내를 새댁이라고 부릅니다.

80줄에 들어선 할머니가 69살 할머니를 보고 새댁이라고 부를 때마다 지나가던 장꾼들은 힐끗힐끗 돌아보며 재미있다는 듯이 웃지만, 아내는 새댁이라는 호칭을 쑥스러워하지 않습니다. 만성이 된 까닭이겠지요.

손녀가 부탁한 쥘부채를 사 들고 돌아서는 아내에게 할머니가 작별 인사를 합니다. "새댁 또 봐."

아내가 새댁이면 나는 새신랑일까요? 품삯 한 푼 받지 못하는 짐꾼인 나도 덩달아 기분이 좋아지는 시장 나들이입니다.

매일 별거하는 부부

3부

하늘정원(庭園)

베트남 출신의 평화운동가 '탁낫한' 스님은

"우리는 모두 꽃으로 이 세상에 왔다."고 했다.

문득 궁금해진다.

나는 어떤 꽃으로 이 세상에 왔을까.

내 주위의 사람들은 나를 무슨 꽃이라 여길까.

행운목

"여보, 얘가 말을 알아듣나 봐요."

이른 아침, 베란다에서 들려오는 아내의 목소리에는 놀라움이 가득 묻어 있다.

나는 무슨 뜬구름 잡는 소리를 하느냐며 거실 문을 열고 나갔다. 순간 코를 자극하는 달콤한 향기. 의아해하는 나에게, 아내는 천장에 닿을 만큼 자란 행운목을 가리켰다. 고개를 들어 보니 맙소사, 나무 꼭지 부분에서 뻗어 나온 꽃대에 조롱조롱 매달린 꽃이 풍기는 향기였다.

아파트와 같은 특정 생활 공간에서 가장 많이 키우는 식물 중의 하나가 행운목이다. 제습 효과와 공기 정화 능력까지 있어 많은 사람들이 관상용으로 키우고 있다. 하지만 행운목이라는 이름 때문에 선택한 사람도 많을 것 같다.

행운목이 우리 집으로 시집온 지 8년이란 세월이 흘렀다. 아내와 나의 선택을 받은 이유 중에는 여느 사람들처럼, 키우는 동안 행운이 찾아올지도 모른다는 기대감도 한몫했다. 그러나 행운이라는 것이 아무에게나 불쑥 찾아오는 것은 아니라서 그런지, 꽃은 피지 않았고 기대했던 행운도 찾아오지 않았다. 그저 키만 멀쑥하게 자라 좁은 베란다를 더 비좁게 했을 뿐이다.

어느 날, 방송에 나온 풍수 연구가가 말했다. "주인 키보다 더 큰 나무는 실내에서 키우지 마세요. 나무의 기(氣)가 주인의 기를 억누르니까요." 기억하건데 행운목에 대한 아내의 투정은 그때부터 시작된 것 같다.

"넌 도대체 뭐하는 거니, 키만 클 게 아니라 킷값을 해야 하잖아. 제 값을 하려면 꽃을 피워야지."

때론 마음에 없는 위협도 한다.

"너 자꾸 이러면 밖에 내다 버린다."

그 위협이 무서워서일까. 10년은 기다려야 한다는 행운목이 8년 만에 보란 듯이 꽃을 피운 것이다. 그러니 아내로서는 행운목이 자신의 말귀를 알아들었다고 큰소리칠 만하다.

인도네시아와 아프리카 서부 지역 등 열대 지방이 원산지인 행운목의 학명은 드라세나(Dracaena)이지만 미국을 비롯한 서양에서는 '행운목(Lucky tree)' 또는 '키다리 식물(Comstalk)'이라고 부르기도 한다. 그런가 하면 한자 문화권에서는 야화(夜花)라고 부른다. 늦은 오후부터 시작하여 밤에 꽃이 피는 까닭이다. 꽃말은 '행운', '행복', '약속을 실행하다'이다.

사전적으로 풀이하면 행운은 '행복한 운수', 행복은 '복된 좋은 운수'와 '심신의 욕구가 충족하여 조금도 부족함이 없는 상태'를 의미한다.

오늘 아침을 다소 행복하다고 생각는 것은

한 잔 커피와 갑 속의 두둑한 담배

해장을 하고도 버스값이 남았다는 것

(하략)

천상병 시인의 「나의 가난은」이라는 시의 일부다. 그러나 듣는 이에 따라서는 '그런 생활이 행복하다고 할 수 있을까?' 하는 의문을 가질 수도 있을 게다. 하지만 시인은 '가난이 직업이지만 비쳐 오는 햇빛에서도 떳떳하다.'고 말한다. 떳떳한 마음은 가난을 부끄러워하지 않는다.

'나물 먹고 물 마시고 팔을 베고 누웠어도 그 안에 즐거움이 있다.' 『논어(論語)』술이(述而) 편의 기록이다. 행복은 생각하기 나름이라는 뜻이다. 행운은 어떨까. 행운은 원한다고 해서 찾아오는 것이 아니라 인연이 있을 때 찾아온다. 하지만 행운목의 또 다른 꽃말 '약속을 지키다'처럼 자신이 한 약속을 성실하게 지키노라면 행운도 외면하지 않을 것 같다.

가끔 행복에 관한 글을 읽으면서 나에게 물을 때가 있다. "나는 행복한가?" 청소년 시절을 제외한다면 내가 불행하다고 느낀 적은 별로 없다. 그렇다면 나름대로 행복한 삶이다. 그건 '조금도 부족한 게 없어서'가 아니라 욕심을 버렸기에 가능한 행복이었다.

행운목의 꽃은 생김새부터 예사롭지 않다. 길게 뻗어 나온 꽃대의 꽃꼭지마다 수십 개의 작은 꽃이 송아리를 이루어 조롱조롱 매달려 있다. 낮에는 눈을 감고, 밤이 되면 잠에서 깨어나 저네들 세상을 만난 듯이 활짝 웃는다. 마치 수십, 수백의 아기 천사가 나무 위로 내려와 행운의 나팔을 부는 것 같다.

꽃향기는 달콤하다 못해 농밀하다. 뿐이랴, 꽃대 마디마디에는 수액이 방울방울 매달린다. 그 또한 다디달다. 아내와 나는 손가락으로 수액을 찍어 맛본다. 예상치 않았던 즐거움이다.

그렇게 향기롭고 예쁜 꽃이지만 꽃이 지는 모습은 지저분하다. 동백은 송이째 뚝뚝 떨어져서 길 위에 또 하나의 꽃밭을 만들지만, 행운목은 누렇게 마른 꽃이 밤새 우수수 떨어진다. 그래서 자고 나면 베란다 바닥에는 마른 꽃이 무수히 깔려 있다. 마치 작은 벌레가 기어 다니는 것 같다. 빗자루로 쓸어도 잘 쓸리지 않는다. 시든 꽃에 남아 있는 당분 때문에 끈적끈적 눌어붙기 때문이다. 무슨 미련이 그리도 많이 남았을까. 미련도 병이라 했는데.

그렇게 행운목 꽃은 보름 남짓 우리 집을 향기로 가득 채운 뒤 멀리 떠나갔다. 언제쯤 다시 찾아올까. 1년? 5년? 아니면 10년? 다시 볼 수 있을까 없을까. 그런 의미에서 행운목은 기다림의 꽃이다. 기다림은 고통스럽다. 그렇다면 차라리 잊어버리는 것은 어떨까. 그러노라면 어느 날인가에는 기적처럼 다시 찾아와 우리를 행복하게 해 줄 테니까. 그런 의미에서 내가 지은 행운목의 또 다른 꽃말은 '망각'이다.

군자란 이야기

새해는 양력 1월 1일부터 시작될까. 아니면 설날부터일까? 또 쥐띠며 소띠, 용띠 등 12지신의 적용은 양력을 기준으로 할까. 아니면 음력 기준일까?

요즘은 양력 1월 1일만 되면 올해는 무슨 띠라고 호들갑을 떨지만, 전문가들의 견해에 따르면 띠의 적용은 입춘이 기준이란다. 즉, 입춘 전에 태어난 아이는 그 전해의 띠, 입춘 후에 태어난 아이는 새해의 띠를 적용해야 옳단다. 그렇다면 입춘과 더 가까운 설날이 정답일 것 같다.

설, 참 좋은 날이다. 묵은해를 보내고 새해를 맞는다. 지난날의 온갖 잡다한 사연이며 미련을 떨쳐 버리고 새날을 맞는다. 몸과 마음을 단정히 하여 조상님께 차례를 올린다. 자녀들의 세배는 언제나 흐뭇하다. 손녀 손자의 재롱에 웃음꽃이 핀다. 그뿐이랴, 한동안 소원했던 친지와 벗들에게도 안부를 묻고 덕담을 나눈다. 그러기에 설날은 즐거울 수밖에 없다.

어떤 이들은 설이 뭔데? 하고 반문한다. 그들은, 설날이라고 해봐야

새털같이 많은 날들 중의 하나일 뿐이고 어제의 다음 날에 불과하다며 의미를 축소한다. 그런가 하면, 설날을 기준으로 한 끝남과 새로운 시작조차 없는 인생은 무미건조하여 권태로울 수밖에 없다는 주장도 만만찮다. 같은 날, 같은 시간이지만 처한 환경에 따라 다르게 느끼는 모양이다.

설날 아침, 차례 준비를 하던 나는 베란다로 나갔다. 남향이지만 두터운 커튼에 가려 한 줌의 빛도 들어오지 않는다. 베란다의 커튼을 천천히 걷는다. 이제나저제나 하고 기다리고 있던 햇살이 파도처럼 밀려들어 와 밤새 어둠과 추위 속에서 떨고 있던 군자란 위에 쏟아진다. 그런데 어제만 해도 입 오므리고 있던 봉오리가 활짝 피어 함박웃음을 터뜨리고 있는 게 아닌가.

원산지가 남아프리카인 군자란(君子蘭)은 이름과는 달리 난초과가 아니라 수선화과에 속한다. 꽃말은 고귀, 고결, 우아함이다. 그래서일까. 관엽 식물에 속하는 만큼 크고 싱그러운 잎과, 아름다운 꽃과 꽃말, 게다가 이름까지도 군자라는 이미지와 잘 어울린다.

일반적으로 군자(君子)란, 학식과 덕행이 높은 사람을 의미하지만 아내가 남편을 가리키는 말로도 쓰인다. 언뜻 스치는 싱거운 궁금증. '아내는 나를 군자라고 여기고 있을까? 또 나는 그런 대접을 받을 만할까?'

군자란이 우리 집으로 이사 온 지 8년이 지났다. 처음에는 한 포기뿐이었지만, 세월이 흐르는 동안 스스로 포기가름을 하더니 지금은 아홉 포기로 늘어나서 세 개의 커다란 화분 안에서 의좋은 형제처럼 오순도순 살고 있다.

우리 집의 군자란은 좀 별나다. 대부분의 군자란이 봄이나 가을에 한꺼번에 피워 화려함의 극치를 자랑하지만 우리 집은 태어난 차례대로 꽃이 핀다. 그야말로 장유유서(長幼有序)다.

그리고 가을꽃이다. 하여, 가으내 피고 지다가 소슬바람이 불 때쯤이면 마지막 꽃을 떨어뜨리고는 겨울잠에 빠져든다. 그러면 나도 꽃을 잊는다. 그런데 그게 끝이 아니었다. 어려서인지 꽃 피울 생각도 하지 않던 막내가 뒤늦게 꽃망울을 매달기 시작한 것이다. 그러더니 설날 아침, 축복인 양 활짝 피었다.

군자란은 직사광선을 싫어한다. 그렇다고 해서 음지를 좋아하는 식물도 아니다. 햇빛과 그늘이 알맞게 조화를 이루는 그런 곳을 좋아한다. 지나친 일조량은 잎을 마르게 하니까. 그렇지만 무심한 나는 하루 종일 햇볕 부서지는 베란다에 사시장철 놓아둔다. 하지만 잎도 싱그럽고 꽃도 예쁘다.

그러나 막둥이가 봉오리를 맺기 시작하면, 잎은 제 할 일 다 했다는 듯이 누렇게 뜨기 시작한다. 그리고 꽃도 잎도 서서히 말라간다. 그러나 그것은 죽음이 아니었다. 봄이 깊어지면 빈 화분의 메마른 흙을 뚫고 새 잎이 돋아나서 또다시 꽃 피울 준비를 하기 때문이다.

나는 그런 군자란을 보며 사람이나 꽃이나, 나고 자라서 죽는 것이 저리도 같을까 하여 새삼 감동한다. 끝남은 끝이 아니라 새로운 시작이라는 유가(儒家)의 사상 그대로다. 『대학(大學)』에 이런 대목이 나온다.

매일 별거하는 부부

시즉종(始則終)이요 종즉시(終則始)라.

온갖 일에는 처음과 마침이 있으니 시작이 곧 끝이요 끝은 새로운 시작이라는 뜻이다. 그러면서 또 강조한다.

신종여시(愼終如始)

처음과 끝은 한결같아야 한단다.

우리네 삶도 그렇지 않을까. 맺고 끊음이 없는 인생에게 새로운 시작은 없다. 그렇다면 나는 어떻게 살아야 할까. 군자란을 보며 잠시 상념에 잠긴다.

솔방울

소나무 그늘에서

쇠미산 만남의 숲, 낙락장송이라는 이름이 조금도 부끄럽지 않을 만큼 잘 자란 소나무 그늘에는 솔가리가 이불처럼 깔려 있다. 건조한 날씨 탓일까. 하품하듯 입을 벌린 솔방울이 여기저기 굴러다니고 있다.

숲속에는 긴 의자가 드문드문 놓여 있다. 그 의자는 산책 나온 연인들의 쉼터가 되고 등산객이며 둘레길을 걷는 뚜벅이들의 식탁이 되는가 하면, 때로는 피곤한 나그네를 위한 간이침대가 되기도 한다.

빈자리 찾기가 어렵다. 한참 두리번거리다가 겨우 빈 의자를 발견한 아내와 나는 간단한 요깃거리를 꺼내 속을 채운다. 반주 삼아 마신 두어 잔의 술 탓일까. 술기운이 오른 나는 의자에 길게 드러눕는다. 서 있으면 앉고 싶고, 앉으면 눕고 싶어지는 것이 인간의 본성이라 하지 않는가.

누운 채 하늘을 본다. 나뭇가지 사이로 보이는 조각하늘이 참 곱다. 청자색 하늘을 닮은 초록 바람이 이마를 스치며 땀을 씻어 준다. 가지 끝에 매달려 있는 솔방울은 바람이 불 때마다 춤추듯 흔들린다.

그때였다. 빈자리를 찾아다니던 부부가 길게 누워 있는 나를 못마땅하다는 표정으로 지켜본다. 나는 모르는 척, 잠든 척한다. 공연한 심술이다. 그러다가 속으로 깜짝 놀랐다. 나에게도 이토록 어리석은 치기와 가당찮은 심술이 아직 남아 있었던가.

실눈을 뜨고 하늘을 올려다보니 청자색 하늘은 그새 잿빛으로 변했고 초록 바람도 스산한 바람으로 바뀌어 있었다. 그리고 솔방울은 포탄을 닮아 가기 시작했다.

땅을 향해 거꾸로 매달린 그 포탄은 점점 커지더니 내 미간을 정조준하고 있다. 바람이 좀 더 불면 그대로 떨어질 것 같은 불안감이 엄습한다. 내 마음의 불순물이 만든 착시 현상 때문이리라.

도망가야지. 나는 누웠던 자리에서 벌떡 일어나 배낭을 꾸린다. 비로소 마음이 편안해진다. 이 의자는 내 것이 아니라 우리 것이다. 필요한 만큼 사용했다면 다른 사람을 위해 비워 주는 것, 그게 상식이고 상식이 마음을 허허롭게 한다.

숲을 떠나며 하늘을 본다. 포탄같이 흉측하던 솔방울은 예쁜 방울로 돌아갔고 잿빛 하늘도 맑고 푸른 색깔을 되찾았다. 나는 심호흡하며 다시 돌아온 초록 바람을 마신다.

명동 마을에서

삼랑진 오일장에서 필요한 물품을 구입한 아내와 나는 만어산 중턱에 자리 잡은 명동 마을로 가는 마을버스에 몸을 싣는다. 특별한 목적이 있어서가 아니라 그냥 산골 정취를 맛보고 싶어서다.

여느 시골 장날과 마찬가지로 승객 대부분은 노인들이었다. 노인들의 위계질서는 젊은이들보다 오히려 더하다. 여든 살 할머니가 차에 오르기 힘들어서 쩔쩔매자 몇 살 아래로 보이는 할머니가 부축하여 태워 준다. 승강구 앞에 앉았던 할머니는 얼른 자리를 양보한다.

할머니들뿐만 아니라 초로에 들어선 기사 양반의 친절도 여간 아니다. 차비를 받으면서 우리 부부에게는 왕복 요금 대신 편도 요금만 받는다. 멀리서 온 손님 대접이란다. 버스 정류장에 닿을 때마다 운전석을 벗어나서 할머니들의 짐을 내려준 뒤, 안전하게 내린 것을 확인한 다음에야 운전석으로 돌아간다. 물론 조심해서 가시라는 인사도 빠트리지 않는다.

버스는 장날답게 만원이었다. 아내와 나도 겨우 자리를 찾아 앉았지만 따로따로다. 하지만 아내는 옆자리에 앉은 할머니와 이내 친구가 되었다. 10년 전에 남편과 같이 귀농했다는 그 할머니는 평생을 도시에서 살아온 아내에게 이건 엄나무, 저건 가죽나무 하며 이것저것 일러 주어 궁금증을 풀어 준다.

그런 반면에 묻고 싶은 것도 참 많다. 무엇 하러 왔느냐, 땅을 사러 왔느냐, 아니면 귀농하기 위해 집을 보러 왔느냐, 혼자 사느냐, 양주가 같이 사느냐 등등 끝이 없다. 물 좋고 공기가 맑아서 우리 마을 사람들은 병원을 모른다는 자랑도 빼놓지 않는다.

그렇게 대화를 이어 가던 할머니, 아내의 나이를 묻더니 나이보다 젊어 보인다고 추켜세운다. 손을 만져 보고는 "얼굴은 젊은데 손은 늙었네요." 그 소리를 들은 나는 아내의 '손 늙음'이 내 탓인 것 같아서 뜨끔해진다.

매일 별거하는 부부

바쁠 것 하나 없다는 듯이 제 볼일 다 보며 느릿느릿 달려온 버스가 종점인 명동 마을에 도착했다. 자칭 하늘 아래 첫 동네란다. 내려다보니 꿈꾸듯이 졸고 있는 아랫마을 저편에 만어산이 우뚝하다.

　종점 옆집 현관문이 열리더니 주인 할머니가 호박전을 들고 나왔다. 방금 구운 것이니 따뜻할 때 맛보란다. 기사 아저씨가 우리에게도 호박전을 나누어 준다. 그랬다. 그게 시골 인심이고 사람 사는 맛이었다.

　버스 출발 시간을 기다리는 동안 아내와 나는 마을을 둘러본다. 우리나라에 소나무 없는 산이 어디 있을까. 바람이 불지 않았는데도 솔방울 하나가 툭 하고 발끝에 떨어진다. 솔방울도 마을 사람을 닮았는지 작고 참하다.

숲속에서

등산이 더 높이, 더 빨리 오르기 위한 도전과 경쟁의 과정이라면 둘레길 걷기는 양보와 화합의 과정이다. 하여, 젊은이보다는 노인에게 더 어울린다.

둘레길 걷기가 유행하면서 '뚜벅이'라는 낱말이 새로 생겼다. 둘레길 마니아를 지칭하는 말이다. 서두를 것 하나 없는 여유로움, 앞서면 어떻고 뒤처지면 또 어떤가. 그래 보아야 몇 발짝 차이 아닌가.

유유상종(類類相從). 비슷한 사람끼리 어울린다는 말이다. 편하기 때문이다. 마음 맞는 벗들과 함께 걸으면서 살아온 이야기, 살아갈 이야기를 주고받으며 뚜벅뚜벅 걷는다. 그래서 뚜벅이다.

친구들과 걷는 것도 좋지만 부부가 함께 걸으면 더 즐겁다. 그대와 나, 아직은 나란히 걸을 수 있을 만큼 건강하고, 눈빛만으로도 서로의 마음을 읽을 수 있을 만큼 정이 도탑다는 동반자 의식 때문이다.

날씨가 많이 풀렸다고는 하나 몸에 와 닿는 공기는 아직도 차고 메마른 겨울날, 아내와 함께 배내골을 찾았다. 계곡과 산자락을 에도는 둘레길을 걷기 위해서다. 둘레길이라고 해서 외길은 아니었다. 산책

매일 별거하는 부부

로 옆 수풀 사이로 나 있는 희미한 길이 보인다. 약초꾼들이 다닌 길일까? 짐승들이 남긴 흔적일까? 아니면 우리가 모르고 있던 미지의 세계로 안내하는 길일까?

시인 포레스트는 그의 시 「두 갈래 길」에서 이렇게 노래했다.

숲속에는 두 갈래 길이 갈라져 있었고
나는 사람들이 다니지 않는 길을 택했다
그리고 그 것이 내 모든 것을 바꾸어 놓았다

내가 지금 어떤 길을 선택하던 그 선택이 우리 인생을 바꾸어야 할까마는, 저 길 끝에는 무엇이 있을까 하는 작은 궁금증 정도는 풀어줄 수 있으리라 기대하며 아내의 손을 잡고 희미한 샛길로 들어섰다.

골짜기로 내려가는 그 길 끝에는 지금까지 모르고 있었던 비밀의 정원이 문을 열고 있었다. 늘 푸름을 자랑하는 두어 그루의 소나무와 잎이 져 버린 상수리나무, 그리고 키 작은 잡목이 바람벽처럼 둘러싸고 있는 작은 쉼터에는, 앉을 만한 높이의 평평 바위도 보인다. 아내와 나는 등산용 접이식 방석을 바위에 깔고 잠시 쉬어 가기로 했다. 그런데 이게 웬일, 눈을 들어 주위를 둘러보니 잡목 사이에 귀하디귀한 노각나무 한 그루가 외롭게 서 있는 것이 아닌가.

노각나무는 동백꽃을 닮은 새하얀 꽃과 은은하게 풍기는 향기를 자랑한다. 하지만 꽃보다는 비단결같이 아름다운 껍질을 몸에 두르고 있어 더 사랑을 받고 있다. 그래서 별명이 비단나무다.

노각나무는 겨울이 되면 스스로 껍질을 벗고 새 옷으로 갈아입는다. 그랬다. 지금 내 눈앞에 자태를 드러낸 노각나무도 수줍은 듯이 옷을 벗고 있었다. 벗겨진 껍질 사이로 보이는 속살은 성숙한 여인의 피부처럼 곱고 매끄럽다.

껍질은 나무의 세포, 사람 몸의 때와 같다. 사람이 목욕으로 몸의 때를 씻듯이 나무도 스스로 껍질을 벗는다. 나무도 생각이 있어서 그런 것일까? 생각이 있다는 것은 영혼이 있다는 의미다. 정말 영혼이 있을까? 어떻거나 사람이건 나무건 버릴 건 버려야만 새로워진다.

아내가 배낭에서 커피가 담겨 있는 보온병을 꺼낸다.

아내는 커피를 좋아하지만 나는 그냥이다. 하지만 혼자 마시며 미안해할까 봐 나도 좋아하는 척 같이 마신다. 그런 아내지만 많이 마시지는 않는다. 아침 식사 후, 하루의 일과를 시작하기 전에 싱겁게 탄 커피를 한잔 가득 마실 뿐이다. 그래야 일할 기운이 난단다. 아내는 맛을 음미하며 조금씩 마시고 나는 훌쩍 마신다. 하루에 한 잔. 그렇게 보면 아내의 커피 사랑은 애호가 수준이 아니라 조금 좋아하는 정도다.

빨대가 달린 텀블러에 담겨진 커피는 몇 시간이 흘렀지만 아직도 뜨겁다. 게다가 한꺼번에 마실 수도 없으니 한 모금씩 마셔야 한다. 그래선지 집에서 잔으로 마실 때와는 맛이 다르다. 텀블러에 담긴 커피는 쌉쌀하고 달콤했다. 마음에 스며드는 예상치 못한 행복감. 같은 커피지만 그 느낌이 다른 것은 분위기 탓인지도 모르겠다.

18세기 프랑스의 정치가 탈레랑은 커피를 '악마처럼 검고 지옥처럼 뜨거우며 사랑처럼 달콤하다.'고 예찬했다. 어디 커피 맛만 그러할까?

매일 별거하는 부부

인생 또한 그런 것인걸.

　눈을 들어 하늘을 본다. 청량한 공기, 소나무 가지 사이로 보이는 유리같이 맑은 조각하늘, 우듬지에 걸려 있는 구름 한 조각, 신갈나무 가지에 매달려 대롱거리고 있는 마른 이파리를 흔들고 가는 바람 한 줄기.

　나는 구름 한 조각을 떼어 맛을 본다. 상상 속의 그 맛은 달고 시원하여 마음속까지 개운해지는 느낌이다. 이제는 돌아갈 시간, 아내와 나는 자리에서 일어나 발길을 돌린다. 숲을 벗어나며 숲속의 작은 쉼터를 다시 돌아본다. 그곳에 우리의 사랑 한 조각, 행복 한 조각을 남겨 두었다.

잡초

몇 년 동안 내 책상 서랍 안에서 천덕꾸러기처럼 이리저리 밀려다니던 씨앗 봉지가 있다. 씨앗이라면 응당 발아하여 꽃피고 열매를 맺어야 제 할 일을 다 하는 것 아닌가. 그런데도 제구실을 못 하고 있는 것은 나의 무관심 때문이었다. 그래, 늦었지만 이 작은 씨앗에 생명을 불어넣어 꿈꾸게 하자.

포장지에 적힌 이름을 보니 '바질'이란다. 바질? 생소하다. 검색해 보니 향신료로 쓰이며 비만과 소화 불량과 변비에 효과가 있단다. 하지만 몇 년 동안이나 메말라 있었으니 싹이 트기나 할까? 의심스럽지만 시험해 볼 일이다.

나는 빈 화분에 적당히 흙을 채우고 씨앗을 심었다. 내 염려는 기우였다. 며칠 지나지 않아 새싹이 움튼 것이다. 그렇게 잠에서 깨어난 바질은 구불구불 줄기를 뻗어 나갔다.

어렵게 눈뜬 바질이지만 주인을 잘못 만났다. 생소한 향신료를 선호하지 않은 아내는 냄새를 맡더니 고개를 흔든다. 아내가 무관심하니 나의 관심도 멀어진다. 무관심 때문일까. 아니면 화분이라는 빈약한 환경 탓일까. 시들시들하더니 마침내 생명의 끈을 놓았고 나는 바질이 뽑혀 나간 빈 화분을 발코니를 개조한 장독대 옆 빈자리에 내다 놓았다.

보름 쯤 지난 어느 날이었다. 무심코 보니 빈 화분에 새싹이 움트고 있다. 그것도 한 종류가 아니라 세 종류나 된다. 한 포기는 냉이를 닮았고, 미니 클로버를 닮은 녀석도 있다. 또 넓은 떡잎을 가진 풀도 한 자리를 차지하고 있었다.

어떻게 해서 이곳에 자리 잡았을까? 바람이 실어온 씨앗일까. 아니면 새가 물어온 것일까. 흙을 만져 보니 건조하다. 마른 흙 속에서 안간힘을 쓰고 있는 작은 생명이 애처로워서 물을 떠다 축축하게 적셔 준다. 또 다른 문제도 있었다. 이제 곧 엄동설한, 이대로 둔다면 얼어 죽을 게 빤하다. 나는 화분을 베란다 양지바른 곳으로 옮겨 놓았다.

아내와 나는, 13층 높은 곳에 자리 잡은 우리 집의 베란다를 '하늘 정원'이라고 부른다. 아름다움을 다투는 여남은 종류의 화초가 베란다를 장식하고 있기 때문이다. 그런데 이 불청객의 이름은 무엇일까? 궁금하여 식물도감을 뒤져 보았지만 보이지 않는다. 이름조차 알 수 없으니 잡초다.

사전적 풀이에 의하면 잡초(雜草)는 '가꾸지 않아도 저절로 나서 자라는 여러 가지 풀'을 말한다. 그래서일까. 대부분의 사람들은 잡초를 별 볼 일 없는 식물로 취급한다. 잡초는 과연 뿌리째 뽑혀 나가야 할 만큼 쓸모없는 존재일까.

세상에 까닭 없이 태어나는 생명은 없다고 했다. 길섶의 풀 한 포기 까지도 제 할 일을 안고 태어난다는 것이다. 그렇다면 인간에게 유익

한데다 어엿한 이름까지 있지만 너무 흔하여 잡초처럼 여겨지는 식물 몇 가지를 예로 들어 보자.

요즘 사람들에게는 이름조차 생소한 쇠비름은 몸의 열을 내리고 해독 작용을 한다. 수레바퀴와 사람의 발길에 짓밟히면서도 끈질긴 생영을 이어 가는 질경이의 잎과 뿌리는 만병통치약이라 부를 만큼 뛰어난 약효를 자랑하고, 쓸모없다며 걷어 내는 한삼덩굴조차 고혈압과 신장염 치료에 도움이 된단다. 또 있다. 머위, 씀바귀, 비비초 등등 많은 식물의 어린잎은 산나물이 되어 우리의 식탁을 풍성하게 장식하지만, 웃자라서 억세어지면 쳐다보지도 않는다. 잡초로 전락하는 것이다.

지나가던 길손이 밭에서 풀을 뽑고 있는 할아버지에게 물었다.

"잡초 때문에 귀찮으시겠어요."

할아버지가 대답했다.

"귀찮다고 해서 잡초라고 불러선 안 돼, 제 나름대로는 다 이름이 있으니까 이름을 불러 주어야지. 사람도 잡놈이라고 부르면 눈에 불을 켜고 덤비잖아. 얘들도 마찬가지야, 잡초라고 부르고 무시하면 더 무섭게 번식하여 괴롭힌다니까."

평생을 농사지으며 살아오신 늙은 농부의 철학이었다.

어디 잡초만 그럴까. 세상에는 잡초보다 못한 인간도 허다하다. 게다가 그들은 자신이 잡초보다 못한 존재라는 것을 인정하지도 않는다. 당연한 듯 기승을 부린다.

그러나저러나 통성명도 하지 않고 내 집 화분을 차지한 녹색의 친구를 뭐라고 불러야 좋을까. 잡초라고 부르면 화를 낼 테니 조금쯤은 고

매일 별거하는 부부

상하게 들풀이나 산야초라고 부르면 좋아할까.

양지 쪽으로 화분을 옮긴 지 얼마 후, 냉이를 닮은 애가 좁쌀만큼 작은 꽃을 앙증맞게 피웠다. 너무 작아서 자세히 들여다보지 않으면 모르고 지나갈 것 같다. 하지만 크고 화려해야만 꽃은 아니다. 보잘 것없는 들꽃에도 나름대로의 아름다움은 있다. 꽃은 그 자체만으로도 하나의 세계요 저들만의 우주다.

베트남 출신의 평화운동가 '탁낫한' 스님은 "우리는 모두 꽃으로 이 세상에 왔다."고 했다. 그러나 꽃도 꽃 나름이다. 궁전의 정원을 장식하는 장미같이 화려한 꽃이 있는가 하면, 황량한 들판을 지키는 개망초 같은 꽃도 있다. 문득 궁금해진다. 나는 어떤 꽃으로 이 세상에 왔을까. 내 주위의 사람들은 나를 무슨 꽃으로 여길까.

겨울이 가고 봄이 오면, 작은 화분이 비좁다고 아수성치고 있는 세 친구를 위해 가까운 풀밭에다 새로운 보금자리를 만들어 주어야겠다. 그러면 그곳 토박이 풀들과 어울려 오손도순 살아가겠지. 사람은 비슷한 사람끼리 어울릴 때 행복을 느끼고, 잡초는 잡초끼리 어울려 살 때 더 번성하는 법이다.

매미

여름을 대표하는 가수는 매미다. 게다가 줄곧 사랑의 세레나데만 부른다. 그뿐이랴, 하루 종일 노래하지만 목도 쉬지 않는다. 여기서 작은 궁금증 하나. 매미는 노래하는 것일까, 아니면 울고 있는 것일까?

일본의 '하이쿠' 시인 '마쓰오 바쇼'는

너무 울어
텅 비어 버렸는가.
매미의 허물은

이라는 시를 남겼지만, 매미는 우는 것이 아니라 노래하고 있다는 것이 내 생각이다. 매미 소리는 짝을 찾기 위함인데 울며불며 사랑을 구걸할까. 구애(求愛)는 눈물보다 노래가 더 어울린다. 그뿐이랴, 매미의 텅 빈 허물은 죽음이 아니라 부활을 의미한다. 허물을 벗고 새로 태어나기 때문이다.

매미는 까딱까딱 꽁지를 치켜들면서 노래한다. 그 소리를 들은 암컷

매미가 찾아와서 짝짓기를 하고, 짝짓기를 끝낸 수컷은 땅에 떨어져 죽는다. 암컷이라고 해서 다를까. 산란을 하고 나면 뒤따르듯이 죽는다. 그렇다면 매미의 짝짓기는 찰나의 즐거움이자 죽음이다. 종족 번식을 위한 자기희생이다.

중국 진(晉)나라의 시인 육운(陸雲)은 매미의 생태를 살펴본 후, 인간이 지켜야 할 다섯 가지 덕목에 비유했다. 매미의 머리는 갓끈이 늘어진 형상이므로 문(文), 이슬만 먹고 사니 청(淸), 곡식을 먹지 않으니 염치(廉)가 있고, 집을 짓지 않고 검소하게 사니 검(儉)이다. 그리고 때를 맞추어 허물을 벗기에 신(信)이란다.

그 영향이 조선시대까지 내려와 당상관 이상의 벼슬아치들의 의관과, 임금이 머리에 쓰는 익선관(翼善)冠)도 매미 날개를 본떴다. 항상 매미의 5덕을 염두에 두고 선정을 펴라는 뜻이리라.

문득 떠오르는 엉뚱한 생각. 국회의원의 옷깃을 장식하는 금배지와 정부 고위 관료들의 휘장도 매미 날개 형상으로 바꾸면 어떨까. 그렇게 하면 그 사람들, 좀 더 정신 차려 일할지도 모른다.

옛 사람들은 매미를 불쌍하게 여겼다. 보름 남짓 살기 위해 7년 동안이나 숨어 지내다가 겨우 깨어난 매미를 죽이는 일은 잔인하다. 그렇게 되면 하늘이 노해서 가뭄을 내린다고 생각했다.

매미의 생태를 보고 감동만 한 것은 아니었다. 부지런히 일하기는커녕, 노상 빈둥거리며 노는 사람을 보고 '그늘 밑 매미신세'라고 비아냥거렸고, 문장이며 학식 등 머릿속에 든 것 없는 주제에 쓸데없는 의론만 일삼는 사람들을 일컬어 와명선배(蛙鳴蟬俳)라고 비웃었다. 와명선배란 아무런 뜻도 없이 시끄럽기만 한 개구리와 매미 소리를 뜻한다.

무더위가 기승을 부리고 있던 어느 날이었다. 거실에 앉아 책을 읽고 있는 내 귀에 매미 소리가 들렸다. 그런데 가로수며 아파트 조경수에서 들려오던 소리와는 다르다. 훨씬 가깝고 요란하다.

울지 않으면 보이지 않기 때문에
매미는 우는 것이다.

안도현 시인의 시 「사랑」의 한 구절을 떠올리며 베란다로 나가 보았더니 매미 한 마리가 방충망에 붙어서 울고 있다. 그런데 이 녀석, 어쩌다가 13층 우리 집까지 날아왔을까. 의도적일까. 아니면 허공을 가르는 바람에 실려 온 것일까.

어쩌면 베란다를 장식하고 있는 행운목이며 군자란 등등 꽃과 푸른 잎을 보고는 여기가 살 만한 곳이라고 여겨서 찾아온 것인지도 모른다. 그러나 새로운 세상이 눈앞에 있지만 보이지 않는 무엇이 앞을 막아 다가갈 수 없다. 아무리 날갯짓을 해도 가까워지지 않는다. 신기루다. 그래서 더 슬프게 우는 것은 아닐까. 이럴 때의 매미 소리는 노래가 아니라 울음이 된다.

갑자기 떠오르는 엉뚱한 생각. 저 매미를 우리 집으로 불러들여 꽃과 나무와 함께 살게 하면 어떨까. 그렇게 된다면 우리 집 베란다는

매일 별거하는 부부

그야말로 운치 있는 음악 감상실이 될 텐데.

"그래, 저 매미를 우리 집의 빈객으로 초대하자." 나는 매미가 놀라지 않게 살며시 방충망을 연다. 그 미세한 움직임에도 놀란 매미. 나의 뜻과는 달리 푸르르 날아가고 말았다. 울음 같은 노랫소리만 여운처럼 남기며.

그네

단오(端午)는 다섯을 의미하며 초닷새를 뜻한다. 음력 5월 5일, 즉 홀수인 오(午)가 두 번 겹치기에 양기가 가장 왕성한 날이다. 옛말로는 수릿날이다. 그날이 되면 쑥떡이며 약떡을 비롯하여 앵두편과 앵두화채를 만들어 먹고 마시며 즐겼다.

남정네는 씨름판을 벌여 힘을 겨루었고, 여인네는 창포물에 머리를 감아 멋을 내는가 하면 그네를 타며 하루를 즐겼다. 어떻게 보면 단옷날은 고된 노동에 지쳐 있던 남자와 사회적인 제약으로 집 안에 갇혀 육아와 살림살이 외에는 눈 돌릴 시간도 없었던 여인들을 위한 축제라고 해도 좋겠다.

그렇다고 해서 단순한 축제의 의미만 있었던 것은 아니다. 가끔 가다 그곳에서 아름다운 사랑이 움트기도 했으니까. 녹빈홍안(綠鬢紅顔)이라 했던가. 이몽룡도 그네 타는 춘향의 모습을 보고 사랑에 빠졌다.

그게 언제쯤이었을까?

아내의 나이 30대 후반이었을 때니 얼추 40년 전쯤의 단옷날이었다. 퇴근하고 돌아오니 책상 위에 예쁜 찬합이 보란 듯이 놓여 있다.

매일 별거하는 부부

웬 찬합? 의아해하는 나에게 뒤따라 들어온 아내가 자랑했다.

"1등 상품이에요."

나들이 삼아 가까운 공원에서 열리고 있는 단옷날 축제에 갔더니 씨름이며 그네 타기 대회가 열리고 있더란다. 친구들에게 등 떼밀려 얼떨결에 그네 타기에 출전한 아내. 믿을 수 없게도 1등을 했단다.

아내의 그네 사랑은 유별났다. 그래서인지 등산이며 여행길에 들리는 낯선 산골 마을 어귀의 느티나무에 매달린 그네만 보아도 몇 차례 발을 구른 다음에야 길을 재촉하고는 했으니까.

중국 윈난성의 쿤밍을 여행할 때였다. 윈난 민족촌을 둘러보던 중, 마을 광장에 세워진 그네를 본 아내의 얼굴에 미소가 떠올랐다. 그날, 67살 아내는 우리 가곡 〈그네〉의 한 소절처럼 '창공을 차고 나가 구름 속에 나부끼다'가 내려왔다. 부언하자면 그 많은 관광객 중에서 그네를 탄 사람은 아내가 유일했다.

나는 등을 밀고 아내는 힘차게 발을 구른다. 마치 서정주 시인의 시 「추천사」의 한 장면 같다.

향단(香丹)아 그네 줄을 밀어라
머언 바다로
배를 내어 밀듯이,
향단아
(중략)

바람이 파도(波濤)를 밀어 올리듯이

그렇게 나를 밀어 올려 다오.

향단아

그렇게 해서 그네를 타는 동안 아내는 춘향이 되고 나는 향단이 되었다.

평소에 겁이 많은 아내다. 그래서 매사에 조심스럽다. 그런데도 그네 앞에만 서면 왜 용감해질까? 불민한 남편과 넉넉하지 못한 살림살이, 말썽꾸러기 세 아이들의 뒷바라지에 힘겨웠을 아내. 어쩌면 그네를 타는 동안만이라도 그런저런 잡다한 상념과 고민을 잊고 싶었을지도 모른다.

자신의 뜻이나 능력으로는 어떻게 해 볼 수 없는 답답한 현실에서 잠시라도 벗어나고 싶어 그네 줄을 밀어 달라며 향단을 독촉하는 춘향처럼.

우리 집 베란다에서 내려다보면 어린이 놀이터가 보인다. 여느 아파트처럼 작은 정자 옆에는 미끄럼틀을 비롯한 몇 가지 놀이기구가 설치되어 있다. 그중에서 가장 사랑받는 것은 그네다. 하여, 한겨울이며 비가 내리는 날이 아니라면 재잘대고 깔깔거리는 아이들 소리가 떠나지 않는다. 놀이터를 더욱 운치 있게 꾸미는 것은 줄지어 서 있는 은행나무다. 마치 놀이터를 지키기 위한 바람벽 같다.

한겨울 내내 조용하던 놀이터는 은행나무가 새잎을 내밀 때쯤 되면 아이들의 웃음소리가 봄이 왔음을 알려 준다. 그러다 은행잎이 노랗게 물들어 떨어지고 찬바람이 불어오면 아이들의 소리도 뜸해진다.

　　　　　　　　　　　　　매일 별거하는 부부

마치 놀이터도 동면에 들어간 것 같다.

　이제 바람이 낙엽을 모두 쓸어 가고 나면 빈 그네 홀로 흔들릴 테고 그네 위에는 눈도 쌓이겠지. 어디 그네만 그럴까. 우리네 삶도 예상치 않은 바람을 만나 중심을 잃고 흔들릴 때가 있다. 그러나 두려워 움츠리고만 있을 일은 아니다. 바람도 때가 되면 멈추기 마련이니까. 멈춤은 새로운 시작의 출발점이다.

　그렇게 시간의 수레바퀴가 굴러가는 동안 개구쟁이 아이들의 몸과 마음은 부쩍 자랄 테고, 그 모습을 지켜보는 아내와 내 머리에는 흰 머리카락이 늘어 가겠지. 그러나 아내도 나도 오는 봄을 기다릴 뿐, 가는 세월을 잡으려는 부질없는 노력은 하지 않는다. 헛된 욕심임을 알기 때문이다. 지금은 겨울임을 한탄하기보다는 새봄을 맞을 채비를 할 시간이다.

두구동 소류지

다산 정약용 선생의 「여름을 이기는 여덟 가지 방법」 중에 '연못가에서 꽃구경하기'란 대목이 있다. 물이랑이 잔잔하게 이는 맑은 물. 그물에 하늘이 내려앉고, 부레옥잠의 연보라색 꽃 위에는 잠자리가 가볍게 몸을 떨고 있어야 한다. 또 연못 바닥에는 골뱅이가 기어 다니고, 물 위에는 소금쟁이가 헤엄치고 있어야 어울린다. 그뿐이랴, 능수버들이 그늘까지 드리우고 있다면 금상첨화. 그런 못가에 더위 머물자리가 어디 있겠는가.

연못에 자생하는 수많은 수생 식물 중에서 으뜸은 연(蓮)이다. 그래서일까. 동서고금의 시인들은 연꽃의 향기로움과 아름다움을 노래했다. 시선(詩仙) 이태백의 「채련곡(採蓮曲)」이다.

약야의 시냇가에서 연꽃 따는 아가씨들.
웃고 재잘거리며 연꽃과 어울렸네.
햇살이 분단장을 비추니 물속도 밝고
부는 바람 소매를 흔드니 그 향기 공중에 날리네.

그렇다. 연분홍 입술을 부끄러운 듯이 뾰족 내밀고 있는 연꽃봉오리의 청초한 아름다움은 천진난만한 아가씨와 잘 어울린다. 그런가 하면 활짝 핀 연꽃은 곱게 단장한 성숙한 여인을 닮았다.

수련과에 속하는 여러해살이 풀인 연(蓮)은 뿌리에서부터 잎까지 그 어느 것도 버릴 게 없는 식물이다. 씨는 순환계와 신경계 치료에 효험이 있고, 뿌리인 연근은 비타민과 미네랄 등 성장에 도움을 주는 필수 성분을 다량으로 함유하고 있어 발육 촉진제로 쓰이는가 하면 잎은 정력제로 알려져 있다.

청나라 말기, 태평천국의 창시자인 홍수천이 연잎죽을 상식한 뒤부터 넘쳐나는 정력을 주체하지 못해 수많은 여인을 거느렸다는 일화는 호사가들 사이에서 전설처럼 전해 오고 있다. 그렇다고 해서 연꽃의 가치가 약리적인 것에만 국한된 것은 아니다.

연꽃 애호가들은, 진흙탕에서 자라지만 결코 더러움에 물드는 법이 없다고 해서 이제염오(離諸染汚), 연꽃 위에는 한 방울의 오물도 묻지 않는다는 불여악구(不與惡俱), 연꽃이 피면 연못에 시궁창 냄새 대신 향기가 가득해진다는 계향충만(戒香充滿), 줄기와 잎은 언제 어디서나 푸르고 맑다는 본체청정(本體淸淨) 등등의 미덕을 열거하며 연꽃을 예찬하고 있다.

연꽃은 불가(佛家)의 꽃이다. 속세의 더러움 속에서 피어나지만 더러움에 물들지 않는 연꽃의 청정함을 들어 불자들의 마음도 그래야 한다고 가르친다. 즉 연화심(蓮花心)이다. 연꽃 한 송이를 들고 묵언으로 설법한 부처님의 뜻과, 염화시중의 미소와 이심전심의 비법이 모두 연꽃 속에 들어 있다.

연꽃 애호가가 늘어나자 경향 각지에서는 크고 작은 연못마다 다투듯이 연을 심어 관광객을 불러 모으고 있다. 하지만 무안의 백련지며 경주 안압지 주변에 조성된 넓디넓은 소류지에 핀 연꽃만이 아름다운 것은 아니다. 그런 곳은 인파에 밀려다니느라 조용히 감상할 겨를도 없다. 오히려 알려지지 않은 조그마한 연못에 핀 연꽃이 더 아름답다. 꽃과 사람이 하나 될 수 있는 시간이 넉넉하게 주어지니까.

부산의 공덕산 자락에 자리 잡은 산촌 마을 두구동에는 200평 남짓한 소류지가 있다. 한눈에 들어올 만큼 작은 연못이지만 이곳에도 연꽃이 피어, 넓고 화려함보다는 작고 소박한 것을 선호하는 사람들의 사랑을 받고 있다. 그러자 마을 사람들은 연못 둘레에 산책로를 조성하고 탐방객들이 쉬어 갈 수 있도록 아담한 정자까지 만들어 앉혔다. 그런데 이게 웬일? 어느 해부터인가 꽃이 피지 않았다.

원인 규명에 나선 전문가, "연못의 넓이에 비해 연이 너무 빽빽하네요." 즉 더 이상 번식할 필요성을 느끼지 못하자 스스로 꽃을 피우지 않는다는 진단이다. 놀란 주민들, 잡초를 제거하고 밀식한 연을 솎아내자 그제야 다시 꽃망울을 맺기 시작하더란다. 그건 너무 배부르다. 숨 쉴 틈이라도 만들어 달라는 연의 소리 없는 저항이었다. 누가 식물은 신경과 감각이 없다고 말했던가. 한갓 수생 식물에 불과한 연이지만 스스로 느끼고 저항하는 능력이 있다는 사실이 놀랍다.

그렇다면 사람은 어떨까. 어쩌면 만족할 줄 모르는 유일한 동물이 사람인지도 모르겠다. 백수의 왕이라는 사자도 배부르면 사냥을 하지 않는다는데 탐욕스러운 인간은 먹으면 먹을수록 배가 고프단다. 하여, 더 먹을 게 없을까 늘 두리번거린다. '아흔아홉 섬 하는 놈이 가난한 사람의 한 섬을 뺏어 백 섬을 채우려' 하고 '빈익빈 부익부'란 말을 당연시한다. 지나치게 많은 재물은 짐이고 짐은 내려놓을수록 가벼워진다는 금언이며, 탐욕의 끝은 절망과 허무뿐이라는 동서고금의 사례는 아예 못 들은 척한다.

계영배(戒盈杯)라는 전설 속의 잔이 있단다. 잔에 술을 가득 채우면 술은 흔적 없이 사라지고 7할쯤 부어야 그대로 있다는 신기한 잔이다. 가득 채운 술은 인간의 욕망이고 계영배는 만족을 모르는 인간의 욕심을 다는 저울이다. 술을 마시고 싶다면 잔을 채우지 말아야 한다.

그 진리를 아셨음일까. 우리네 할머니며 어머니들은 장을 담글 때 장독을 가득 채우지 않았다. 채우면 부풀어 올라 넘치기 때문이다. 세상에는 아흔아홉 칸 집에 살면서도 비좁다고 느끼는 사람이 있는가 하면 제 식구 바로 누울 자리만 있어도 만족하는 사람이 있다. 그렇다면 행복은 욕심을 내려놓은 사람에게 주어지는 선물 아닌가. 두구동 소류지에서 느낀 단상이다.

큰개불알풀꽃과 아기별꽃

'개불알꽃'과 '큰개불알풀꽃'이라는 좀 민망한 이름의 꽃이 있습니다. 오뉴월 늘어진 개의 불알을 닮았다고 해서 개불알꽃이라네요. 하지만 큰개불알풀꽃의 이름은 정말 터무니없습니다.

이른 봄, 양지바른 밭둑이나 풀밭에 무수히 피어나는 큰개불알풀꽃은 애기 손톱만큼 작은 별 모양의 하늘색 꽃입니다. 게다가 한두 송이 외롭게 피는 것이 아니라 무리 지어 핍니다. 마치 하늘에서 내려온 아기별들이 햇살을 받아 반짝이는 것 같습니다. 그런데 왜 그 이름에 '큰'과 '개불알'이 들어 있는지 이해가 되지 않습니다. 그래서 나는 '큰개불알풀꽃' 대신 '아기별꽃'이라 부르기로 했습니다.

개불알꽃이라는 개를 연상하게 하는 이름이 나왔으니 잠시 개 이야기를 할까 합니다. 우리 어렸을 적, 그러니까 60여 년 전의 이야기입니다. 그때도 개는 사람들의 사랑을 받았습니다. 대다수가 방범용이었지만 더러는 육용으로도 키워졌습니다. 가난한 사람들의 단백질 보충용으로는 그만한 게 없었으니까요. 이름도 단순하여 수캐는 '독구' 암캐는 '메리'라고 불렀답니다. 개집 또한 마당 한구석이나 대문 옆입니다.

그러니 개가 방 안에 들어온다는 것은 있을 수 없는 일이었습니다.

세월이 달라졌습니다. 요즘은 세 집 건너 한 집 꼴로 개를 키우고 있습니다. 그것도 그냥 키우는 게 아니라 신주 모시듯 합니다. 그래선지 방 안은 물론 침대까지 점령하고 있습니다. 애완견이라는 이름도 반려견으로 바뀌었습니다. 반려(伴侶)는 짝이라는 의미로 보통 배우자를 말합니다. 개의 엄청난 신분 상승이지요.

왜 그토록 개를 가까이 하는 것일까요. 얼마 전까지만 해도 '멀리 있는 친척보다 이웃사촌'이 더 가까웠던 시절도 있었습니다만, 앞뒷집 사람과도 마음을 열 수 없어 스스로를 고독이라는 우리 안에 가둔 사람들이 외로움을 나누는 대상으로 개를 선택했을지도 모릅니다.

이번에는 '꽃과 사람' 이야기입니다. 가깝지만 마음을 털어놓기에는 무언가 어색한 관계, 즉 고부(姑婦)간을 주제로 삼았습니다.

'며느리밑씻개(며느리미씨깨)'라는 마디풀과에 속하는 한해살이풀이 있습니다. 연한 홍색의 꽃은 예쁘지만 줄기에는 가시가 촘촘히 나 있지요.

옛날, 화장실에서 사용할 종이마저 귀했던 시절, 가난한 사람들은 짚이나 풀로 용변 후의 뒤처리를 하곤 했습니다. 하지만 며느리를 미워했던 시어머니는 부드러운 풀 대신 가시가 있는 풀로 뒤처리를 하게 했답니다. 그래서 생긴 이름이 며느리밑씻개랍니다. 우리만 그런 것은 아닙니다. 일본에서도 그 풀을 '의붓자식밑씻개'라고 부르는 것을 보면 미움과 증오는 시공을 초월하는 모양입니다.

'며느리밥풀'의 전설에도 못된 시어머니와 착한 며느리가 주인공으로 등장합니다. 몰락한 양반집으로 시집온 며느리가 있었습니다.

어느 날 밥을 짓고 있던 며느리가 뜸이 들었는지 보려고 솥뚜껑을 열고 밥알 두 개를 꺼내 입에 넣었습니다. 그때였습니다. 때를 맞춘 듯이 부엌으로 들어온 시어머니는, 어른께 먼저 드릴 생각은 하지 않고 혼자 먹었다며 모질게 매질합니다. 며느리가 울면서 변명했습니다.

"밥을 먹은 게 아니라 뜸 들었는지 보려고 밥알 두 개를 입에 넣은 것이에요." 혀를 내밀어 밥알 두 개를 보여 주지만 매를 못 이겨 죽었다는 슬픈 사연을 가지고 있습니다.

그렇게 죽은 며느리의 무덤가에는 지금까지 보지 못한 풀이 자라나서 입술처럼 생긴 붉은 꽃을 피웁니다. 마치 혀를 내민 것 같아 보이는 그 꽃의 아랫입술에는 하얀 밥풀을 닮은 무늬 두 개가 선명하게 새겨져 있습니다. 며느리밥풀꽃에 얽힌 슬픈 사연입니다.

'사위질빵'이란 나무가 있습니다. 여름이 되면 눈처럼 하얀 꽃으로 나무를 덮는 미나리아재비과의 넝쿨 식물입니다.

어느 마을에 외동딸을 키우고 있는 부부가 살고 있었습니다. 딸을 시집보내긴 해야겠는데 멀리 보내면 사랑스러운 딸을 자주 볼 수 없기에 데릴사위를 들였습니다.

하인들과 함께 일하는 사위를 안쓰럽게 여긴 장모는 특단의 대책을 마련합니다. 보기에는 튼실해 보이지만 조금만 힘을 가해도 툭하고 끊어지는 나무줄기로 사위가 지는 지게의 질빵(멜빵)을 메어 줍니다.

결과는 뻔합니다. 처음엔 사위와 하인이 똑같이 짐을 지고 일어서지만 사위 지게의 질빵은 이내 끊어집니다. 하는 수 없어 다른 하인들이 짐을 나누어지고, 사위는 빈 지게만 지고 내려온답니다. 그래서 나무 이름이 '사위질빵'이랍니다.

'사위 사랑은 장모'라고 합니다. 여기서 문득 생기는 의문, 아들 뺏어 간 며느리는 미워하면서 딸 뺏어 간 사위는 왜 사랑스러울까요. 그건 사위 대접을 잘해야 딸도 대접받을 수 있다는 손익 계산 때문 아닐까요? 그렇다면 사위 사랑도 따지고 보면 딸 사랑입니다.

내 딸은 귀하지만 며느리가 된 사돈의 딸은 못마땅하게 여겼던 시어머니의 심리, 참 이해하기 어렵습니다. 아마 애지중지 키운 아들을 며느리에게 빼앗겼다는 상실감과 그로 인한 외로움 탓일 것 같습니다.

문득 떠오르는 궁금증입니다. 꽃과 나무의 생김새에 따라 전설이 생겼을까요. 아니면 꽃 이름이 그런 전설을 탄생시킨 것일까요. 그 풀, 그 꽃, 다른 이름으로 부르면 어떨까요. 내가 큰개불알풀꽃을 아기별꽃이라고 부르는 것처럼.

새로 작명할 것도 없습니다. 며느리밑씻개는 '사광이아재비', 며느리밥풀은 '꽃새애기'이라는 이름이 따로 있으니까요. '꽃새애기' 얼마나 사랑스런 이름입니까. 그렇게 좋은 이름으로 부르다 보면 먼 훗날 '친정 엄마 같은 시어머니, 딸 같은 며느리'에 대한 전설도 아름답게 꽃필 것 같습니다.

소나무, 개구리, 사람

소나무

십장생(十長生) 중의 하나인 소나무는 우리나라에서는 은행나무 다음으로 오래 사는 나무다. 크게는 해풍을 막기 위해 바닷가에 심은 해송과 내륙 지방에서 자라는 육송으로 분류할 수 있지만, 밑둥치부터 여러 갈래로 나뉘어 자라는 반송, 줄기가 곧게 자라는 금강송 등 다양한 품종이 있다.

게다가 버릴 게 없는 나무다. 조선시대 궁궐의 건축에는 금강송이 아니면 얼굴도 내밀지 못했다. 꽃과 잎은 다식과 송편 등 음식의 재료로 쓰였고 간경화를 비롯한 간질환, 고혈압과 관절염 등의 질병 치료에도 효험이 있다. 뿐만 아니라 소나무의 속껍질과 뿌리껍질은 굶주린 민초들의 허기를 달래 주는 구황 식품으로 사랑받아 왔다.

햇순으로 술을 빚은 송순주, 잎으로는 송엽주가 되어 애주가들의 사랑을 받는가 하면 땅속으로 들어간 송진이 천 년의 세월을 견디면 호박이란 이름의 보석으로 새로 태어난다. 게다가 소나무는 한국인의 정(情)과 한(限), 풍취(風趣)와 정취(情趣)를 모두 품고 있다. 그래서일

매일 별거하는 부부

까. 산림청 발표에 의하면 우리 국민의 45.7%가 가장 좋아하는 나무로 소나무를 선택했다고 한다.

세계 문화유산으로 등재된 양산 통도사에는 또 하나의 자랑거리가 있다. 무풍한송로(舞風寒松路)다. '바람은 춤추고 소나무는 찬 길'이라는 이름처럼 이 길의 주인공은 하늘을 가리고 있는 울창한 소나무다. 그런데 신기하다. 물이 생명의 근원이라서 그럴까. 대부분의 나무가 계곡 쪽으로 몸을 뉘이고 있다. 심지어는 금방이라도 뿌리가 뽑힐 것 같이 위태로운 나무도 여러 그루다. 그러자 통도사에서는 특단의 대책을 마련했다. 등 굽고 허리 굽은 나무마다 넘어지지 않도록 받침대를 세워 준 것이다. 영양제며 재선충 예방 주사도 맨 먼저다. 하여, 그렇게 안전을 보장받은 나무들은 이리저리 얽히고설키어 기묘한 형상의 소나무 터널을 만들고 있다.

그러나 경내를 벗어나 산길로 들어서면 사정이 달라진다. 폭우가 쏟아질 때마다, 태풍이 불 때마다 아름드리 소나무의 가지는 부러지고 뿌리째 뽑혀 썩어 가지만 아무도 신경 쓰지 않는다.

개구리

지구상에 분포되어 있는 개구리의 종류는 200종이 넘는다. 참개구리, 산개구리, 좀개구리, 무당개구리, 청개구리 등 우리와 친숙한 종류가 있는가 하면 달갑지 않은 외래종인 황소개구리도 있다.

개구리는 변변한 장난감조차 없는 산촌 아이들의 좋은 노리갯감이 되었고, 허약한 체질의 아이들에게는 영양식, 가난한 사람에게는 값

싼 보약이 되었다.

개구리 울음은 또 어떤가. 산란기가 되면 수컷은 암컷을 유혹하기 위해 밤새워 운다. 그 소리는 잠 못 드는 사람에게는 소음이지만 사랑에 눈뜬 연인들에게는 세레나데가 되기도 했다.

그런 친근감 때문일까. 개구리와 연관된 속담도 많다. '성균관 개구리'는 책만 읽는 서생을 뜻하고 '개구리 올챙이 적 생각 못 한다.', '우물 안 개구리'라는 속담은 어리석은 사람, 견문이 좁은 사람은 뜻한다. 그러나 '개구리가 주저앉는 까닭은 멀리 뛰기 위함이다.'라는 긍정적인 속담도 있다.

통도사 자장암에는 특별한 개구리가 살고 있다. 그 개구리의 몸은 청색이지만 입 주변은 금색이다. 그래서 금개구리라고 부른다. 관음전을 오른쪽으로 돌아가면 커다란 바위가 암자를 보호하듯 버티고 있고, 사람 눈높이 정도 되는 곳에 엄지손가락 굵기의 구멍이 뚫려 있다. 여기가 금개구리의 집이다.

신라 선덕여왕 시절의 고승 자장율사가 통도사를 창건하기 전, 이곳에서 수도하고 있을 때란다. 개구리 두 마리가 석간수를 흐려 놓아 마실 수가 없게 되자 자장율사는 신통력으로 바위에 구멍을 뚫어 개구리를 살게 했단다. 그렇다면 지금 얼굴을 내밀고 있는 개구리는 대를 이어 이 집을 지키고 있었다는 이야기가 된다.

금개구리는 아무 때나 나타나는 것이 아니라 불심이 지극한 사람에게만 자기 모습을 보여 준단다. 그런 연유로 해서 불자들은 그 개구리를 금와보살(金蛙菩薩)이라고 부르며 바위 구멍 앞에서 합장한다.

매일 별거하는 부부

사람

통도사 솔밭길의 소나무가 살뜰한 보살핌을 받고 있는 것처럼 개구리도 사는 곳에 따라서는 보살(菩薩) 대접을 받는다. 사람이라고 해서다를까. 누구 몸에서 태어나 어느 곳에 사느냐에 따라 금수저도 되고흙수저도 된다.

그래서일까. 가능하다면 권력층의 안식처라는 구기동이며 대기업의 총수들이 모여 산다는 한남동, 또 하늘이 내린 명당이라는 성북동에서 살고 싶어 한다. 하지만 그곳에 산다고 해서 모두가 부자가 되고권력을 손에 쥐는 것은 아니다. 설혹 그렇다고 치자. 그 마음이 행복하기만 할까. 오히려 가진 것 빼앗기지 않기 위해, 혹은 더 가지기 위해 전전긍긍하지는 않을까.

인도에서는 인간 세상을 사바(娑婆)라고 부른다. 중국어로 번역하면감인토(堪忍土)가 된다. '참아 내며 살아가는 세상'이라는 뜻이지만 참고 노력하면 좋은 날이 온다는 의미도 내포하고 있을 것 같다.

'3대 부자 없고 3대 거지도 없다.'는 속담은 믿기 어려운 옛말이 되었고, 개천에서 용 나기란 불가능에 가깝다는 자조의 목소리가 지배하는 오늘날이지만 다행스럽게도 사람에게는 아직 꿈이 남아 있다.꿈이 있는 한 절망은 없다. 꿈은 도전이고 기회니까.

조령관의 빗방울

고개는 꿈이다. 그리움이다. 아직 만나 보지 못한 세계에 대한 호기심이자 오지 않은 날에 대한 희망이다. 그래서 사람들은 고개 너머에 있을지도 모르는 유토피아를 찾아 길을 떠난다. 설혹 그곳에서 꿈과 그리움 대신 아쉬움만 안고 돌아온다고 해도 후회할 일은 아니다. 또 다른 고개가 우리를 기다리고 있으니까. 문경 새재는 고개다.

새재의 수문장격인 조곡관에 들어선 나그네는 하릴없는 사람처럼 두리번거리며 걷는다. 여관 기능을 했던 원터(院址)의 돌담을 쓰다듬고 주막에 들려 기웃거리기도 한다. 귀틀집, 경상감사가 인계인수를 했다는 교인처(交印處) 등등 전에는 보이지 않던 시설물이 복원되어 볼거리는 많아졌지만 고즈넉했던 옛 분위기에 젖을 수 없어 아쉽다. 사라진 것은 아름답다 했는데….

무엇이 그리 바쁠까. 조령천의 물줄기는 쉼 없이 재잘거리며 흘러내리고 나그네는 고갯마루를 보고 위로 걷는다. 시냇물은 생경스럽다는 듯이 내 등을 떠밀지만 나는 가는 냇물을 붙들지 않는다. 언제 어디선가 또 다른 무엇이 되어 다시 만날 테니까. 나그네는 물소리 속에서,

매일 별거하는 부부

나뭇잎을 흔드는 바람 소리 속에서 민초들의 애환과 역사의 숨소리를 듣는다.

문경의 옛 이름은 '기쁜 소식'이란 뜻의 '문희(聞喜)'다. 과거 길에 오른 선비에게 '등과(登科)'보다 더 기쁜 소식이 또 있을까. 그래선지 문경 새재는 영남의 선비들이 바깥세상으로 나가는 열린 고개였고 지름길이자 통천문이었다. 바깥세상은 한양의 과거 시험장이고 장원 급제는 통천문을 통해 나갈 수 있는 하늘이다.

출세지상주의인 우리 사회에서 급제와 고시 합격은 뜻 있는 젊은이들의 영원한 꿈으로 예나 지금이나 변함없다. 꿈은 노력한 만큼 이루어지는 법. 그래서 이 고개는 도전과 야망, 좌절과 회한이 엇갈리는 영욕의 분수령이었다.

어사화 꽂고 지화자 풍악 울리며 내일로 가는 영광의 길인가 하면, 파립(破笠)에 헤어진 미투리를 신은 낙방 거사들이 피눈물을 흘리며 어제로 돌아가는 통한의 고개이기도 했다.

고갯마루에서 걸어온 길을 돌아본다. 마치 숨바꼭질하듯이 숨었다 나타나기를 반복하며 가물가물 멀어지는 고갯길을, 좌청룡 우백호처럼 옹위하고 있는 조령산과 주흘산의 붉게 타오르는 첩첩 산릉은 쪽빛 하늘과 어울려 더할 것도 뺄 것도 없는 한 폭의 진경산수화를 그리고 있다.

문경 새재는 역사의 흐름을 바꾼 운명의 고개였다. 광해군이 다스리고 있던 1613년. 당대를 주름잡던 명문 세가의 일곱 서출은 스스로를 죽림칠현(竹林七賢)이라고 부르며 적서(嫡庶)의 차별이 없는 나라를 세우겠다며 맹세한다.

그들은 군자금 마련을 위해 문경 새재에서 지나가는 상인들을 죽여 수백 량을 강탈했다. 그러나 그들의 꿈은 좌절되었고, '칠서의 옥'이라고 불린 이 사건은 인목대비의 폐비(廢妃)와 영창대군의 죽음, 인조반정까지 이어져 조선의 역사를 바꾼다.

새재의 골짜기는 좁고 산은 험하다. 군사를 매복시킨다면 백만 대군의 침공도 능히 막을 수 있을 것 같다. 그러나 고니시 유키나가가 이끄는 왜군을 맞은 삼도도순변사 신립은 예상을 뒤엎고 천험의 요새인 문경 새재를 버리고 충주로 진영을 옮겨 달천강과 탄금대를 뒤로하고 배수진을 쳤다. 아마 중국 한나라의 명장 한신이 조나라의 진여와 싸울 때, 배수의 진을 치고 대승을 거둔 전략을 본받았던 모양이다. 그러나 한신은 성공했지만 신립은 실패했다. 장수의 그릇과 전장의 조건이 달랐기 때문이다. 아무튼 신립의 이 결정으로 조선은 깊디깊은 수렁에 빠진다.

만일 신립이 새재에서 진을 치고 적을 막았다면?

이율곡이 제안한 '10만 양병'을 선조가 수용했더라면?

일본의 실정을 탐지하고 돌아온 황윤길의 침공설을 받아들였다면 조선의 역사는 어떤 물줄기를 타고 어디로 흘러갔을까.

그런 의미에서 문경 새재는 가설(假設)의 고개다. 그러나 가설의 끝에는 아쉬움만 남는다.

3관문인 조령관은 선택의 문이었다. 조령관의 용마루에 떨어진 빗

매일 별거하는 부부

방울이 남쪽 기왓골을 타면 낙동강 물에 섞여 남해로 흘러들고, 북쪽 기왓골을 타면 한강 물과 하나 되어 서해와 만난다. 사소한 선택의 차이가 극과 극을 달리할 수도 있다는 상징적 교훈이다. 그렇다고 해서 빗방울이 자신의 뜻으로 기왓골을 선택하는 것은 아니다. 그것은 구름과 바람의 조화에 의해 결정된다.

문경 새재 물박달나무, 홍두깨 방망이로 다 나간다.
홍두깨 방망이 팔자 좋아 큰애기 손길에 놀아난다.

〈문경 새재 아리랑〉의 일부분이다. 같은 박달나무에서 잘려 나왔지만 큰애기의 고운 손에서 노는 다듬잇방망이가 되는가 하면, 우악스런 포졸의 손에 들린 서슬 퍼런 육모방망이가 되는 것처럼.

빗방울이나 박달나무와는 달리 사람이 선택의 주체가 되었을 때는 문제가 달라진다. 선택당하는 것이 아니라 자신의 판단으로 자기가 가야 할 길을 결정해야 하기 때문이다.

살아가는 동안 파도처럼 밀려오는 선택의 기로에 섰을 때, 냉철한 분석으로 올바른 판단을 내릴 수도 있지만 무지와 무분별, 체념과 절망, 지나친 기대감과 흥분 등 감정의 소용돌이 속에서 이성을 잃고 엉뚱한 길로 들어서서 수렁에 빠지는 일도 허다하다. 돌다리도 두들겨보고 급할수록 돌아가라는 속담은 그래서 진리다. 인간은 과거를 되새김질하는 유일한 반추 동물이고 되새김을 통해 새로운 자아를 발견한다.

조령관 앞에 선 나그네는, 그 동안 망각의 저편에 애써 묻어 두었던 잠재의식 속으로의 여행을 떠난다. 인생의 고비를 만났을 때마다 나는 어떤 선택을 했던가. 그것이 옳은 선택이었을까. 잘못된 선택으로 일을 그르친 일은 또 얼마나 많았을까. 그리고 남아 있는 시간 동안 수없이 마주칠 선택의 순간에 얼마만큼 현명해질 수 있을까. 그런 의미에서 문경 새재는 자기 성찰로 가는 또 하나의 고개였다.

수덕사에서

　비구니들의 수도 도량인 수덕사의 명성에 가려 뒷전으로 밀려난 충청북도 예산의 덕숭산(495m) 산행에 나섰다.

　수덕사(修德寺)와 덕숭산(德崇山)은 절과 산의 이름이 덕(德)으로 연결된 곳이다. 게다가 어느 길을 선택해도 2시간 남짓이면 산행을 마칠 수 있고 산길도 분명하고 단순한 편이라서 따로 설명할 필요성을 느끼지 못한다. 따라서 등산이라기보다는 고찰과 문화재를 둘러보며 숲속에서 삼림욕을 하고 온다는 기분으로 집을 나서도 좋다.

　수덕사를 거쳐 정상으로 향한다. 수덕사 경내를 벗어나면 무려 1,200개의 지루한 돌계단이 시작된다. 마애미륵불과 만공선사의 동그란 추모비를 지나면 정혜사. 정상이 얼마 남지 않았다.

　산행 시작 1시간 10분 만에 정상에 산다. 기암과 괴석이 어우러져서 소금강이라고 불리는 용봉산과 도립공원 가야산이 앞뒤에서 옹위하고 있다. 하산은 올라온 길을 되짚어 정혜사까지 내려간 뒤, 절 밑 갈림길에서는 오른쪽 길을 택해 견성암을 둘러본 뒤 수덕사로 내려간다.

　수덕사에서 처음 만나는 인물은 근대 한국 불교사에 커다란 족적을 남긴 만공선사다. 선사의 일화는 범인(凡人)의 상상을 초월한다. 그중 하나가 여인에 대한 집착이었다. 그래서일까. 여인의 벗은 허벅다리를 베지 않고는 잠들 수 없었다고 해서 칠선녀와선(七仙女臥禪)이라는 숙어의 주인공이 된다.

정혜사에서도 만공선사의 모습을 찾아볼 수 있었다. 정혜사의 약수는 불유(佛乳), 부처님의 젖이라는 별난 이름을 가지고 있다. 만공선사가 이름을 지었고 불유각이라는 현판의 글씨도 만공이 쓴 것이다.

부처님의 젖은 불법(佛法)으로 중생을 제도(濟度)하려는 자비의 물줄기를 의미한다. 어쩌면 만공선사는 남자의 원초적인 본능인 여체를 깨달음의 도구로 삼았을지도 모를 일이다. 가슴 속까지 시원해지는 부처님의 젖을 마시고 홍성 일대의 평야를 내려다본다. 멀고 가까운 세상이 모두 평화스러워 보이는 것은 불유의 효능 때문인지도 모른다.

백제 말엽, 승제법사가 창건한 수덕사는 송춘희가 노래한 〈수덕사의 여승〉을 들으면서 상상했던 절집의 분위기와는 너무 달라서 어리둥절하지 않을 수 없었다. 국태민안과 세계 평화를 위해 부처님의 진신사리 3과를 봉안했다는 천불천탑의 탑륜은 황금색으로 번쩍거리고 있어, 신라 문무왕 때 세워진 3층 석탑을 초라하게 만든다.

영주 부석사의 무량수전과 함께 가장 아름답고 오래된 목조 건물의 하나인 대웅전도, 엄청난 불사를 일으켜 새로 지은 거대한 법당과 부속 건물의 그늘에 가려 뜻있는 사람들을 안타깝게 한다.

일주문을 향해 발걸음을 재촉하던 산객은 이정표를 보고 환희대를 찾았다. 맑은 물이 흐르는 개울 저쪽에 작은 절집이 보인다. 옛 견성암이다. 산객은 여기서 또 한 사람의 그리운 얼굴을 만날 수 있었다.

목사의 딸로 태어나서 이화학당을 졸업하고 동경 유학까지 다녀온 김원주(김일엽)는 한국 최초의 여성지《신여자》를 창간하고 시와 소설을 통하여 여성 운동에 앞장선 당대의 엘리트였다. 그러나 두 번의 결혼 생활이 실패로 끝나자 그녀는 기독교를 버리고 불문(佛門)에 귀의했다. 이곳 견성암에서 직접 머리를 잘라 주며 '글 역시 망상의 근원'이라고 일러 준 만공선사의 가르침대로 절필하고 오직 구도를 위해 정진한다.

으서져라 껴안기던 그대의 몸
숨가쁘게 느껴지던 그대의 입술
(중략)
그런데 그런데
나도 모르게
그 고운 모습들을 싸안은 세월이
뒷담을 넘는 것을 창공은 보았다잖아요

「그대여 웃어 주소서」라는 그녀의 시는 사랑의 열정과 덧없음을 이렇게 노래했다. 마치 자신의 인생을 이야기하는 것같이.

세월은 수덕사라고 해서 비켜 가지 않았다. 가람은 퇴락하고 신자들은 발길을 돌리던 어느 날, 절세가인이 찾아와서 공양주가 되겠다고 자청한다. 수덕각시라고 불리던 여인의 소문이 퍼지자 많은 사람들이 그녀를 보려고 찾아온다. 그중에 정혜라는 명문 세도가의 자제가 있었다. 수덕각시에게 반한 그가 청혼을 하자 그녀는 불사가 끝나면 혼인하겠다고 약속했다.

정혜의 도움으로 10년 예정의 불사는 3년 만에 끝났다. 약속대로 같이 떠나자는 요청에 수덕각시는 "구정물 묻은 옷을 갈아입고 오겠습니다." 하고 옆방으로 들어갔다. 그러나 아무리 기다려도 나오지 않았다. 기다리다 지친 정혜가 방문을 열어 보니 난데없이 나타난 바위가 갈라지고 여인은 버선 한 짝을 남긴 채 바위틈으로 사라졌다. 그녀는 관음보살의 현신이었다.

인생무상을 느낀 청년은 정혜사를 짓고 머리를 깎는다. 그 후부터 지금까지 봄이 오면 버선 모양의 꽃, 골단초가 여인이 들어갔다는 관음 바위틈에서 피어난다고 한다. 우리가 이 설화에서 기억해야 할 것은 '구정물 묻은 옷' 아닐까.

일주문을 나서면 해탈교가 있다. 해탈의 경지는 구정물 묻은 옷을 갈아입어야 닿을 수 있다. 구정물은 세속에 찌든 마음이다. 욕심이다. 인생도, 예술도 구정물 묻은 옷을 벗을 때 더욱 아름다워진다. 그러나 그 옷을 벗는 것은 아무나 할 수 있는 쉬운 일이 아니다. 그래서 많은 사람들이 번뇌 속에서 세월을 보낸다.

버선 한 짝이 그녀가 세상에 남긴 흔적이라면 옷을 갈아입은 옆방은 피안(彼岸)의 세계다. 그렇다면 우리 필부들은 어디서 무엇으로 흔적을 남길까. 또 더러운 옷을 갈아입을 방은 어디에서 찾을 수 있을까.

매일 별거하는 부부

4부

바다 저편

여산의 안개비와 절강의 물결이여
가 보지 못했을 때는 천만 가지 한이었는데
가서 보고 돌아와도 별다른 일은 없고
여산의 안개비와 절강의 물결이었네.

소동파(蘇東坡)의 「관조(觀潮)」

체서피크에서의 하룻밤

미국 여행의 마지막을 바다낚시로 장식한다. 재미교포 사업가인 차명학 회장의 바다 별장으로 초대받았기 때문이다. 낚시 취미는 없지만 이 또한 이색적인 추억의 하나가 될 것이기에 기대가 크다.

그의 별장이 있는 메릴랜드 주의 체서피크 만(灣)은 서스퀘해나 강과 그 지류들의 하류가 침몰하여 형성된 곳으로 길이는 무려 311km, 너비만 해도 넓은 곳은 40km에 이르는 거대한 만으로, 1607년 신대륙으로 이주해 온 유럽인들의 첫 정착지인 제임스타운이 세워진 유서 깊은 곳이다.

체서피크로 가는 길은 한적했다. 키 큰 가로수들이 열병식 하듯이 줄지어 서 있고 숲속에 숨어 있는 작고 예쁜 집들이 빼쭉 고개를 내민 채 궁금하다는 듯이 우리를 지켜보고 있다.

점심 식사를 하기 위해 길목에 있는 중국식당으로 들어간다. 딸과 사위가 주문한 음식은 성도 이름도 모르는 미국식 중국요리, 맛은 그런대로 봐 줄만 했지만 생각보다 짜다. 비단 이 집만은 아니었다. 외식할 때마다 그런 느낌을 조금씩 받았으니까. 저염식을 권유하는 우리나라 같으면 짜다는 불평이 나올 만도 하지만 미국에서 이 정도는 보통이란다.

페어팍스를 출발한 지 두 시간 반 만에 별장촌에 도착했다. 웅장한 집, 아담한 집, 소박한 집들이 나름대로의 특색을 자랑하고 있는 별장촌은 한적하면서도 아름다웠다. 집 마당에서 바닷가까지는 곱게 깔린 잔디밭. 집집마다 요트가 있었고 그 요트를 넣어 두는 개인용 선창이 배다리처럼 바다 안으로 길게 뻗어 나갔다. 그리고 그 끝 선고(船庫) 옆에 낚시용 덱이 마련되어 있었다.

먼저 와서 기다리고 있던 차 회장이 환한 웃음으로 우리를 맞이한다. 인사를 나눈 우리는 곧장 낚시터로 향했다. 그러나 조과(釣果)는 신통찮다. 몇 시간 동안 낚싯대를 들고 버텼지만 잡힌 것은 겨우 가오리 한 마리. 잡혀 준 것이 고마워서 다시 바다로 돌려보낸다. 그런 나를 위로함인지 차 회장이 자신의 소신을 들려주었다.

"낚시의 묘미는 얼마나 많이 잡느냐가 아니라 어떤 방식으로 즐기느냐에 있습니다."

그는 자신의 말을 증명하듯이 1m급 대형 농어를 잡아 올렸다. 요리사는 차 회장. 한껏 솜씨를 부린 그의 요리로 포식한다.

약속이 있다는 차 회장을 먼저 보낸 후, 우리는 다시 낚시터로 나갔다. 나는 잔물결이 일렁이는 바다를 본다. 이 물이 흘러서 대서양으로 들어간다. 대서양. 시원찮은 지식으로만 알고 있는 바다. 바다 저쪽에는 가 본 적 없는 신세계가 열리겠지. 나는 먹먹한 심정으로 낚싯대를 잡았지만 낚시는 이미 마음을 떠났다.

해가 기울어짐에 따라 바닷물의 색깔이 달라지더니 은색 물비늘이 금색으로 변한다. 의자에 앉아 하염없이 바다를 보고 있는 아내의 얼굴도 금빛으로 물든다. 아내는 지금 무슨 생각에 잠겨 있을까.

해가 풍덩 바다 속으로 빠져들자 집으로 돌아가는 기러기 떼가 구름을 비껴 날고 물새 소리만 적적하다. 애무하듯이 선고의 기둥을 어루만지는 잔물결 소리는 꿈결에서 듣는 듯 부드럽다.

다시 차 회장을 생각한다. 초등학교 때 가족을 따라 이민 왔다는 차 회장. 지금은 유기농 식품 체인점을 세 곳이나 경영하는 성공한 기업인. 게다가 그의 부인은 이름 깨나 알려진 치과의사. 하여, 교포 사회에서는 아메리칸 드림을 이룬 성공한 기업인으로 대접받고 있지만 그가 이룬 성공 뒤에는 무수한 시련과 좌절, 피와 눈물이 녹아 있단다.

얼마나 많은 사람들이 아메리칸 드림을 꿈꾸며 이 땅으로 몰려왔고 또 얼마나 많은 사람이 좌절하여 돌아가는가. 꿈을 이루기는커녕 악의 구렁텅이에 빠져 돌아올 수 없는 강을 건너는 사람은 또 얼마나 많을까.

나는 낚시에 열중하고 있는 딸과 사위의 모습을 가만히 지켜본다. 저 아이들의 진정한 아메리칸 드림은 무엇일까. 세계의 수도라는 워싱턴 D.C에서 방송국에 근무하는 사위, 조지타운대학교에서 언어학 박사를 수료한 뒤 입시 학원을 차린 딸, 그 학원의 인기가 치솟아 수강을 희망하는 학생들이 줄을 선다지만 그게 딸과 사위가 꾸는 꿈의 전부는 아닐 것이다.

딸과 사위는 지금 어떤 꿈을 꾸고 있을까. 믿을 수 있는 것은 둘 사이의 신뢰와 사랑뿐인 그 애들이 꾸는 꿈은 언제 어떻게 이루어질까. 또 얼마나 많은 시련을 겪어야 할까. 그런 나에게 물결이 속삭인다. '너무 염려하지 말라고, 희망을 버리지 않는 한 꿈은 이루어지는 법'이라고.

이 무슨 조화일까. 그렇게 총총하던 별이 하나둘 자취를 감추는가 싶더니 이내 소나기가 쏟아진다. 놀란 우리가 낚싯대를 거두고 집으로 뛰어들자 번개가 검은 하늘을 가르고 천둥소리가 요란하다. 어디 하늘만 그럴까. 인생 또한 그런 것인걸.

다음 날 아침, 별장을 떠나며 둘러보니 마당 한쪽에 작은 텃밭이 있고 고추며, 상추, 들깨가 싱싱하게 자라고 있었다. 차 회장이 즐겨 먹는 야채를 심어 둔 것이란다. 어쩌면 그는 자꾸만 멀게 느껴지는 모국과 사라져 가는 유년 시절의 추억과 그리움을 붙들고 싶어서 이 텃밭을 가꾸고 있는지도 모르겠다. 내 딸이 집 울타리 옆에 봉선화를 심어 둔 것처럼.

그레이트 폴스 파크

인생은 수없이 많은 변수의 연속이다. 그래선지 꿈꾸며 설계했던 삶의 여정은 예상치 못한 변수를 만날 때마다 주춤거리는가 하면 엉뚱한 길로 들어서기도 한다. 그렇게 되면 삶의 색깔도 바뀔 수밖에 없다.

인생만 그런 것이 아니라 여행 또한 마찬가지다. 여행의 변수, 그 대부분은 날씨와 교통편에 의해 좌우되고, 그럴 때마다 여행 지도의 코스 라인도 바뀌게 마련이다. 이번 미국 여행도 그랬다.

여행의 대미를 장식하는 여행지로 나이아가라 폭포를 선정한 후, 다른 일정을 시간표대로 소화시켜 나가고 있었다. 그런데 폭포 관광 예정일을 전후하여 나이아가라 폭포가 있는 동북부 지역에 집중 호우가 쏟아졌다. 게다가 쉽게 그칠 것 같지도 않단다.

긴급 가족회의. 회의 결과는 포기였다. 폭포를 보기 위해 귀국 일자를 연기할 수도 없는 일이고, 사위더러 장대비를 뚫고 8시간씩이나 운전하라기에는 내 마음이 허락하지 않는다. 게다가 지루하고 불편하기 짝이 없는 대중교통을 이용하는 방법은 딸과 사위가 내켜 하지 않았다. 설혹 어찌어찌하여 도착한다고 해도 이 빗줄기 속에서 제대로 둘러볼 수 있을지도 의문이다. 그래서 대안으로 등장한 것이 버지니아의 '그레이트 폴스 파크' 관광이었다.

'그레이트 폴스 파크'로 가는 길목의 부자촌 구경은 예상치 않았던 덤이었다. 도심지를 벗어난 길은 곧장 숲속으로 들어가고 그곳에는 말로만 들었던 부자들이 사는 마을이 자리 잡고 있었기 때문이다.

명당자리마다 문자 그대로의 맨션(대저택)이 위용을 자랑하고 있었다. 중세풍의 웅장한 저택이 보이는가 하면 현대적인 주택도 아름다운 자태를 뽐내고 있다. 부자들의 망중한과 어울리는 조합이 승마라서 그럴까. 어느 집이건 간에 집 앞마당 격인 넓은 잔디밭 위에는 승마용 장애물 코스가 설치되어 있다.

그런데 마을 옆으로 뚫린 도로는, 마주 오는 자동차를 겨우 피해 갈 만큼 좁다. 관청에서는 진작부터 도로 확장을 계획하고 있었지만 주민들의 반대로 착공하지 못하고 있단다. 몇 분 빨리 가기 위해 도로를 넓히면 차량 통행이 늘어날 수밖에 없고 그렇게 되면 소음과 매연 등 공해에 시달릴 게 빤하니 싫다는 거다. 하기야 환경도 재산의 일부분이니까 그들을 흉 볼 수도 없겠다.

공원으로 들어가자 관리사무실과 넓은 초원이 먼저 눈에 들어온다. 풀밭 곳곳에는 아름드리 고목이 그늘을 드리웠고 그 그늘에는 피크닉 테이블이 놓여 있다.

폭포 공원이지만 폭포만 있는 것은 아니었다. 관리실을 중심으로 하여 '리버 트레일', '코널 트레일', '투 마인 트레일' 등등 다양한 트레일

코스가 개발되어 취향대로 선택할 수 있게 해 놓았다. 그중에서 '리버 트레일'과 '코닐 트레일'을 답사하기로 했다. 그러나 제일 궁금한 것은 역시 폭포다.

제1전망대에서 바라보는 폭포는 이름 그대로 대단했다. 그렇다고 해서 나이아가라 폭포에 필적한다는 뜻은 아니고 기대 이상이라는 의미다. 강폭은 생각보다 넓었고 수량도 풍부했다. 강 양안은 기암절벽. 그 사이로 흘러내리는 폭포는 와폭에 가까웠다.

폭포 가운데에는 험상궂은 바위가 우뚝우뚝 솟아올랐고 거센 물줄기는 그 바위와 부딪쳐서 깨어지고 뒹굴고 소용돌이치며 흘러내린다. 엄청난 굉음, 하얗게 부서지는 포말, 갈라진 바위틈에 뿌리를 내린 나뭇가지가 물보라가 일으키는 바람에 춤추듯이 흔들리고 해오라기 한 쌍이 온몸을 떨면서 먹이를 찾고 있다.

이 강은 워싱턴 D.C 건설 초창기에 필요한 물자를 실어 나른 수로였다. 이해할 수 없는 것은 이 험한 물길을 헤치고 어떤 배가 무엇을 어떻게 실어 날랐을까 하는 의문이었다. 그러나 그 의문은 폭포를 지나 하류로 내려가면서 풀렸다.

제2, 제3전망대를 지나면서 폭포와는 점차 멀어지지만 물줄기는 여전히 거세다. 수직으로 치솟아 오른 암벽을 타는 젊은이들. 카약에 몸을 실은 사람들은 거친 물결에 도전한다. 엉뚱하게도 파도타기용 서핑 보드를 타는 사람도 보인다. 강을 따라 절벽 위로 나 있는 길. 그 길이 '리버 트레일'이다.

'리버 트레일'이 끝나는 지점에서 '코닐(운하) 트레일'로 들어섰다.

매일 별거하는 부부

지금까지 하류로 내려왔다면 이번에는 상류 쪽으로 거슬러 가야 한다. 산책로는 깊고 넓은 수로(水路)를 따라 이어져 있다. 물의 높이를 조정하기 위해 수문을 설치한 흔적도 곳곳에 남아 있다. 옛 사람들은 폭포를 우회하는 이 운하를 파서 물자를 실어 나른 것이다.

폭포를 지나 상류로 올라간다. 그곳은 낚시꾼들의 천국이었다. 강물은 거짓말처럼 잔잔했고 강가 모래톱에는 낚싯대를 드리운 사람들이 진을 치고 있다. 숲에는 도마뱀이 나무에 기어오르고 지금도 물이 흐르고 있는 운하에는 푸른 물뱀이 유유히 헤엄치고 있었다.

그렇게 많은 관광객으로 붐비는 공원이었지만 자연은 아직 살아 있었고, 살아 있음으로 인간과 자연이 공존하는 이상적인 풍경을 연출하고 있었다. 자연과 인위가 조화를 이룰 때 세상은 더 아름다워지는 법. 드러나지 않아서 이름다웠던 폭포를 떠나며 느낀 감상이다.

영어 이야기

잦은 테러로 입국 심사가 한층 더 까다로워졌다는 미국 덜레스국제공항의 입국 심사관과 내가 나눈 대화는 염려했던 것보다는 단순했다.

페어팩스에 누가 사느냐기에 "my daughter."

언제까지 머물 예정이냐는 질문에는 "about one month."

몇 번째 방문이냐는 물음에는 "first."

왜 왔냐고 묻기에 "travel."

그것이 전부였다. 거두절미, 요령부득인 답변이었지만 심사관은 웃으면서 도장을 찍어 주었다. 여권을 돌려받은 사람들은 하나같이 "Thank you very much." 하며 황송해했지만 나는 우리말로 인사했다. "고맙습니다."

미국을 여행하는 동안 추가로 사용한 단어는 'Excuse me', 'hi', 'yes', 'sorry', 'just a moment', 'please' 등등 얼마 되지 않는다. 그러나 크게 불편한 점은 느끼지 못했다. 미국인들과 전문적인 대화를 나눌 일도 없었거니와 딸과 사위라는 든든한 통역관을 항시 대동하고 다닌 까닭이었다.

딸이 살고 있는 마을 앞에서 '에코탱크 트레일'이 시작된다. 끝에서 끝까지 걷는 시간만 해도 네다섯 시간이 소요되는 그 숲은 '메아리'라는 이름이 부끄럽지 않을 만큼 아름답고 울창했다.

우리는 여행 일정이 잡혀 있지 않은 날이면 으레 숲을 산책했다. 숲 속에는 아름드리나무가 뿌리째 뽑혀 넘어져 있고, 썩은 나무둥치에는 이끼와 이름 모르는 버섯이 피어 또 다른 생태계를 만들고 있었다.

좁은 오솔길은 이리 구불 저리 구불 한없이 뻗어 나가고 시냇물 소리와 새소리, 바람 소리가 산책객들의 마음을 씻어 준다. 다정하게 손잡고 걷는 노부부, 담소하며 걷는 아낙들, 젊은 연인들, 까불며 뛰는 아이들이 산책로의 주인공이다.

숲이 주는 청량한 기운 탓일까. 마주치는 사람들의 표정도 편안하다. 그래서일까. 처음 보는 얼굴이지만 "hi." 하고 곧잘 인사를 나눈다. 자주 걷다 보니 아는 얼굴도 생겼다. 그때부터 나는 작은 실험을 시작했다.

"hi."를 "반갑습니다."로, "Excuse me."는 "실례합니다."로 바꾸었다. "Thank you." 대신 "고맙습니다.", 또 "sorry."는 "미안합니다."로 인사했다. 그런데 그것이 통했다. 산책길에서 만나는 사람에게 "반갑습니다." 인사하면 그들은 웃으면서 "hi." 하고 대답했으니까.

링컨기념관을 둘러보고 난 후, 엘리베이터를 타고 내려올 때였다. 탑승객은 우리 가족과 유모차를 밀고 있는 젊은 인도인 부부뿐이었다. 문이 열리자 애기 엄마가 날더러 먼저 내리란다. 나는 손으로 문을 가리키며 말했다. "아니 먼저 내리세요." 물론 우리말이다. 그랬더니 그 부인 "Thank you." 하며 먼저 나간다.

부드러운 음성과 웃는 얼굴, 그리고 미안해하는 표정과 약간의 손 짓만으로도 그들은 내 말의 뜻을 감지하는 것이었다. 일상생활에 필요한 단어를 조금 더 익힌 뒤, 단어를 조합하여 문장을 만드는 요령만 터득한다면 미국에 살아도 되겠다는 자신감이 생길 정도였으니까.

요즘 영어 열풍이 들불처럼 번지고 있다. 영어 못 하면 등신 취급이라도 받는 것처럼 이 땅의 부모들은 자녀의 영어 교육에 매달리고 있다. 기저귀를 찬 꼬맹이에게도 영어 단어를 노래하듯이 들려주고 유아원에만 들어가도 영어 수업이 빠지지 않는다.

그것도 부족한지 방학만 되면 미국으로 영국으로 또 필리핀으로 어학연수를 보낸다. 그들은 짧은 연수 기간만으로는 얻을 게 별로 없다는 경험자들의 고백도 못 들은 척한다. 그게 자식 사랑인 줄 안다. 하기야 돈 많은 사람이 자식 유학 보내는 것이야 그렇다 치더라도 가난한 사람이 빚까지 내어 가며 따라 하는 것은 문제가 아닐 수 없다.

미국에서 언어학을 연구하고 있는 딸의 지론에 의하면, 정말 영어에 능통한 인재로 키우고 싶다면 어릴 적부터 영어권 국가에서 살게 해야 한단다. 하지만 그게 현실적으로 불가능하다면 한국에서라도 제대로 배우게 하란다. 그리고 이만하면 되었다 싶을 때 유학을 보내라고 권한다. 어중간할 때 와서 어중되게 공부하는 것은 그야말로 낭비라는 것이다.

장자(莊子)의 '추수' 편에 한단지보(邯鄲之步)라는 재미있는 이야기가 실려 있다. '연나라'의 시골 마을 '수릉'에 사는 사내아이를 '조나라'

매일 별거하는 부부

의 '한단'으로 보냈단다. 당시 한단에서 유행하는 멋진 걸음걸이를 배워 오라는 것이 그 이유였다. 그러나 조나라의 걸음걸이조차 익숙해지기 전에 한단으로 떠난 그 아이는 예전 걸음걸이마저 잊어버린 채 엉금엉금 기어서 돌아왔단다.

어디 걸음걸이만 그럴까. 공부도 마찬가지다. 유학만 보내면 영어 도사가 되고 영어만 잘하면 출셋길이 열릴 것이라고 믿는 이 땅의 어버이들이 새겨들어야 할 대목이다. 그렇다고 해서 영어를 등한시할 수도 없다.

그렇다면 이렇게 해 보면 어떨까. 몸이 부실한 아이에게 필수 영양분을 챙겨 먹이듯이, 영어도 자녀들의 전공과 희망에 따라 필요한 만큼 맞춤식으로 가르치면 어떨까. '맞춤'이란 유기그릇이나 옷을 만드는 데만 쓰이는 것이 아니라 배움에도 적용되니까.

몬세라토의 검은 성모상

여행의 시작은 미지의 세계를 보고 경험하고 싶다는 열망에서 비롯된다. 하지만 가고 싶다고 해서 마음 내키는 대로 떠날 수는 없다. 건강 또는 시간적의 여유와 경제력이 일치될 때 떠날 수 있기 때문이다. 게다가 요즘처럼 코로나까지 발목을 잡을 경우 방법이 없다. 그럴 때 사람들은 여행 책자와 인터넷을 뒤져 호기심을 달랜다. 스페인의 검은 성모상을 찾는 나의 여정도 그와 같았다.

스페인 카탈루냐 지방의 몬세라토 수도원은 오랜 역사를 자랑한다. 9세기경에 현재의 모습으로 건축되었지만 1811년 나폴레옹 군대의 침공으로 수도원은 파괴되고 수도사들은 모두 피살되는 수난을 겪는다. 그 후, 19세기 중반에 재건축을 시작하여 20세기 초에 복원되었다고 한다.

카탈루냐 사람들의 성산(聖山)인 몬트사그라트의 톱니처럼 날카로운 바위 절벽이 수호신처럼 둘러싸고 있는 수도원의 풍광도 뛰어나지만, 그보다 더 유명한 것은 수도원의 바실리카 대성당 2층에 봉안되어 있는 성모상(聖母像)이다. 그런데 그 성모상은 우리가 상식적으로 알

매일 별거하는 부부

고 있는 성모상과는 너무 다르다.

유리 칸막이로 보호하고 있는 성모상은 머리쓰개며 의복은 황금색이지만 노출되어 있는 얼굴과 손은 검은색이다. 심지어는 안고 있는 아기 예수도 마찬가지다. 그래선지 더 신비로워 보인다.

전하는 바에 의하면, 카탈루냐의 수호성인인 성(聖) 누가에 의해 성모상이 만들어졌고 훗날 베드로에 의해 이곳 몬세라토 수도원으로 옮겨졌다고 한다. 하지만 고고학자들의 방사성 탄소 연대 측정 결과에 따르면 예수의 탄생 시기가 아닌 12세기에 만들어진 조각상이란다. 게다가 성모상의 겉은 검지만 속은 여느 나무처럼 희단다.

그렇다면 누가와 베드로의 전설은 믿을 수 없다는 이야기다. 하지만 믿음이 돈독한 신자들은 방사성 탄소 연대 측정 같은 것에는 별다른 의미를 두지 않는다. 중요한 것은 믿음 그 자체니까.

그야 어떠하던, 흑인을 모델로 삼지는 않았을 텐데 왜 검은 피부일까. 그 의문에는 여러 가지 설(說)이 등장한다. 먼저 전기가 없었던 옛날, 성모상을 밝히기 위해 켜 놓은 촛불과 기도하기 위해 수도사들이 들고 다닌 촛불에 오랫동안 그슬려 검어졌단다.

다른 가설도 있다. 성모의 은총을 간구하는 신자들이 찾아와서 기도할 때마다 성모상 스스로 조금씩 검어졌다는 설도 있다. 그러나 그건 성모상을 신비하게 꾸미려는 수사일 뿐, 성모상을 만들 때 사용한 접착제가 변색하자 아예 검정색으로 칠해 버렸다는 설도 만만찮다. 그렇다면 이런 가설은 어떨까.

성모 마리아에게 예수는 누구와도 바꿀 수 없는 사랑스러운 아들이다. 눈에 넣어도 아프지 않을 것 같은 아들이 로마 총독 본디오 빌라도에게 사형 선고를 받고 십자가에 매달려 처형당한다. 가시 면류관을 쓴 머리에서는 피가 흘러내리고 두 손과 다리에는 못이 박힌다. 그런데다 옆구리마저 창에 찔려 고통스럽기 그지없다. 절망한 예수는 하늘을 향해 절규한다. "나의 하나님 나의 하나님, 어찌하여 나를 버리시나이까."

그렇게 죽어 가는 아들의 모습을 지켜보는 마리아의 심정은 어떠했을까. 아무리 인류를 구원하기 위한 하나님의 예정된 뜻이라고는 하나, 그 죽음을 지켜보는 마리아의 마음은 새까맣게 타들어 갔을 것이다. 그렇다면 몬세라토 수도원의 성모상은 자신의 아픈 마음을 보여주기 위해 검은색으로 변하게 한 것 아닐까?

그런저런 가설이 있지만 정확한 원인은 아무도 모른다. 아무러하나 신비스러운 현상 앞에는 군중이 모이는 법, 성모상을 보호하고 있는 유리벽 밖으로 나온 성모의 손바닥 위에 놓인 공과 성모의 손을 만지며 소원을 빌고 싶어 하는 신도들과 호기심 많은 여행객들이 모여들어 수도원은 늘 북적인단다.

남자의 정(精)이 아닌 성령으로 잉태했기에 태아에 대한 마리아의 정성과 사랑은 그 어느 어머니보다 지극했을 것이다. 또 그렇게 태어난 예수를 마리아는 마음을 다해 사랑했을 것이고 예수 또한 어머니를 지극히 사랑하고 공경했을 것이다.

자식이 정성을 다해 부모를 봉양하는 일은 동서고금을 통하여 변하지 않는 윤리관이다. 예수 또한 다르지 않았다. 못 박힌 손과 다리에서 오는 고통이 오죽했으랴 마는, 극심한 고통 속에서도 어머니의 장래를 염려한다. 하지만 십자가에 매달린 몸으로서는 아무것도 할 수 없다. 내려다보니 어머니와 제자 요한의 모습이 보인다. 예수가 마리아에게 말했다.

"여인이시여, 그 사람이 어머니의 아들입니다."

그리고 요한에게도 당부했다.

"이 분이 네 어머니시다."

자신이 모실 수 없는 어머니를 요한에게 부탁한다.

> 만약에 나에게도 다음 생이 있다면
> 한 번만 한 번만 더 당신 자식 되고 싶지만
> 어머니 또 힘들게 할까 봐 바랄 수가 없어라.

박구하 시인의 「어머니」라는 시조다. 얼마나 절절하게 와닿는 사모곡인가. 문득 떠오르는 실없는 궁금증. 예수님께 물었을 때, 마리아의 아들로 다시 태어나고 싶다고 했을까. 아니면 어머니 마음을 또 아프게 할까 봐 아니라며 고개를 저었을까.

계수나무 그늘 아래

계림기행

　중국인들은 구채구의 물을 보고 나면 다른 물은 보이지 않고, 황산에 오른 후에는 천하에 볼 만한 산이 없다고 자랑한다. 그러면서 산과 물이 조화를 이룬 곳을 찾고 싶다면 계림으로 가라고 권한다.

　베트남과 국경을 마주하고 있는 광서쫭족자치구의 북동부에 위치한 계림은, 예로부터 '계림의 산수는 천하제일(桂林山水甲天下)'이라고 불린 관광 명소였다. 그뿐이랴, 당나라 때의 시인 한유는 계림을 유람한 뒤 "강은 푸른 비단 띠를 두른 듯하고, 산은 백옥으로 만든 비녀 같구나."라고 감탄했다.

　계림은 산수만 아름다운 것이 아니라 기이한 동굴과 기암괴석은 물론 쫭족, 묘족, 동족, 와족 등등 소수 민족의 이색적인 생활상까지 엿볼 수 있어 더더욱 좋은 여행지다. 아내의 칠순 기념으로 떠난 이번 여행에서 우리는 무엇을 보고 느낄까.

계림

거리 풍경

계림(桂林)이란 이름은 울창한 계수나무 숲 때문에 얻은 이름이란다. 그래서일까. 공항을 나오자 계수나무 가로수가 나그네를 영접한다. 꽃이 피었을 때는 그윽한 향기가 천리만리 퍼진다고 해서 천리향 또는 만리향으로 불리는 계수나무지만 도시가 확장됨에 따라 베어져서 지금은 얼마 남아 있지 않단다. 하지만 이름만은 아직도 유명세를 떨쳐 선물용 과자나 식료품에는 계수나무 꽃향기가 첨가되었다고 선전하고 있었다.

길거리 노점상 앞에 서서 국수를 먹고 있는 남녀의 모습이 흔히 보인다. 맞벌이 부부의 경우, 식사 준비 시간만큼 늦잠을 잔 뒤 길거리에서 아침을 때우는 경우가 많단다. 신기한 풍경은 또 있었다. 대부분의 자전거나 오토바이에는 우산이 부착되어 있다. 강한 자외선과 수시로 내리는 비를 피하기 위해 우산을 아예 고정시킨 것이다.

못마땅한 점도 있었다. 중국인들의 흡연 문화는 우리나라에 비하면 수준 이하여서 아무데서나 담배를 피운다. 호텔 로비 정도만 되어도 참을 만하겠지만 이 사람들은 좁은 엘리베이터 안에서도 피운다. 자옥한 연기와 냄새로 얼굴을 찡그리지만 그들은 태연하다.

또 있다. 지층을 이루고 있는 두꺼운 석회암 때문에 물은 반드시 차를 끓여 마시거나 생수를 사 먹어야 뒤탈이 없단다. 그리고 여느 유명 관광지처럼 소매치기가 득실거리니 가방은 반드시 앞으로 매야 안전하다는 가이드의 당부도 빠지지 않았다.

도로의 교통질서는 한마디로 말해 엉망이었다. 몇몇 번화가 교차로에는 신호등이 설치되어 있었지만 대부분의 교차로에는 신호등이 없다. 그래서 자전거며 오토바이, 승용차와 버스가 엉켜든다. 아무데서나 예고 없이 불쑥불쑥 끼어드니 북새통이 따로 없다. 하지만 얼굴 찌푸리지 않고 제 갈 길을 찾아 빠져나간다.

요산(堯山)

도심을 벗어난 버스는 한적한 시골길을 달려 중국의 신화적 성군(聖君)으로 추앙받는 요임금(堯帝)의 무덤이 있는 요산(903m)을 찾아간다. 엎드려 있는 소의 허리를 닮았다는 요산은 계림에서 가장 높은 산이다. 산허리 이곳저곳에 무덤이 보인다. 태고시대의 성군인 요제를 모신 산이니 명당임은 분명할 터. 그러니 무덤이 많을 수밖에 없겠다. 정상에 오르기 위해서는 리프트를 타야 한다. 리프트는 20여 분간 천천히 산을 오른다. 발밑으로는 온갖 야생화가 피어 나그네를 영접하고 있다.

정상에서 계림의 산하를 내려다본다. 사위를 둘러보지만 보이는 것은 산뿐이다. 마이산의 암마이봉과 숫마이봉 수만 개를 옮겨 놓았다고나 할까. 마법사가 쓰는 고깔모자를 닮은 산들이 도토리 키 재기를 하고 있다. 모두 고만고만하여 이 산이 저 산 같고 저 산이 이 산 같지만 제각기 다른 모양과 특색을 지녀 환상적인 분위기를 연출하고 있다. 그 봉우리의 숫자가 무려 3만 6천 개란다. 세상에서 가장 큰 와불상을 보여 주겠다는 가이드의 손끝을 따라가 보니 맙소사! 이 능선과 저 봉우리를 연결하니 길게 누워 있는 부처의 모습이 완연하다.

전망대 옆에는 요임금의 동상을 안치한 사당이 있고 사당 앞에는 전통 의상을 입은 동족 아가씨들이 "사진 천 원." 하며 기념사진을 같이 찍을 여행객을 부르고 있었다.

사원을 나오면 요제행운길이 기다리고 있다. 용이며 기린 등 행운을 상징하는 동물이 조각되어 있는 이 길을 따라 걸으면서 소원을 빌면 반드시 이루어진단다. 중국인들에게 있어 행운의 색은 붉은 색과 황금색. 나뭇가지마다 '신체 건강', '길상평안' 등등을 새긴 리본이 빈틈없이 매달려 있어서 붉은 꽃이 만개한 것 같다.

우산공원

요 임금을 만났다면 순 임금을 찾지 않을 수 없다. 순 임금(舜帝))은 중국 역사에 등장하는 400명의 황제 중에서 유일하게 인(仁), 지(智), 현(賢), 효(孝)를 지닌 성군으로 평화롭기 그지없었던 요순시대(堯舜時代)를 열어 간 주역이다. 두 임금의 통치 철학은 '백성들이 왕이 누군지 모르는 나라가 가장 좋은 나라'였다. 오늘의 위정자들이 새겨들어야 할 대목이다.

공원 입구를 들어서면 계단식으로 만든 인공 폭포. 그 옆으로 꽃밭과 잔디밭이 잘 조성되어 있다. 오른쪽 오솔길을 따라가면 수(壽)와 복(福)을 크게 새긴 대리석 벽을 만난다. 장수와 복을 싫어하는 사람이 어디 있을까. 기념사진을 찍으려는 여행자들이 차례를 기다리고 있다. 그런가 하면 긴 머리카락을 푼 장대 귀신을 닮은 고목나무 여러 그루가 분위기를 음습하게 만들고 있다. 잎과 가지가 대나무를 닮은 동죽(冬竹)나무란다. 푸석푸석한 머리카락같이 길게 처진 것은 동죽

나무 꽃의 흔적. 예쁜 꽃도 시들면 저렇게 된다. 인생이라고 해서 다를까. 아름다운 시절이 가면 쇠락의 계절은 찾아오기 마련. 하지만 나무와 사람이 다른 점은 몸과 마음을 어떻게 다스리느냐에 따라 쇠락의 정도가 달라진다는 점이다.

돌로 만든 세 개의 아치를 지나가면 용의 머리를 조각해 놓은 둥근 대리석, 만지면 복이 온단다. 오층탑(오복탑)의 가파른 계단을 밟고 올라가서 공원 일대를 내려다 본 후, 인공 폭포가 쏟아지는 동굴을 지나 우제묘로 향한다.

우제를 모신 사당으로 가기 위해서는 다리를 건너가야 한다. 이름하여 재운교(財運橋)와 관운교(官運橋), 평안교(平安橋)가 그것이다. 어느 다리를 건널 것인지는 본인이 결정할 문제. 나그네는 들어갈 때는 평안교, 나올 때는 재운교를 택한다. 재물이 있고 평안하다면 관직 같은 게 무슨 소용이람. 우제묘 앞에서는 향을 피워 든 중국인들이 황제의 넋에게 소원을 빌고 있었다.

전설 따라

신화와 전설이 없는 나라와 민족은 없지만 중국인들의 전설은 유난히 풍성하다. 풍성한 반면 허풍도 여간 아니다. 그 허풍의 현장을 찾아 복파산으로 걸음을 옮긴다. 한(漢)나라의 복파 장군 마원의 전설이 깃든 곳이다.

복파 장군의 기마상과 수백 년의 수령을 자랑하는 용수나무가 서 있는 복파산 광장을 지나가면 길이 128m의 환주굴이 있다. 들어가서 마애불과 200여 개의 불상을 감상한 후, 복파산 정상으로 걸음을 옮긴다.

매일 별거하는 부부

복파산은 마천루를 닮은 거대한 바윗덩어리였다. 깨어지고 갈라진 수직 절벽의 틈새마다 나무가 푸른 옷을 입히고 있다. 정상에 오르기 위해서는 빙글빙글 돌아가며 조성한 가파른 돌계단을 10여 분 올라가야 한다.

정상에서 둘러본 풍광은 수려했다. 멀리 뾰족뾰족 솟아오른 봉우리들이 옹위하듯이 둘러 있고 리강(江)이 도도히 흘러가고 있다. 이 산정에서 복파 장군이 쏜 화살이 계림의 산봉우리 세 개를 관통한 뒤에 베트남 국경까지 날아갔단다. 터무니없는 전설이지만 나그네는 그 전설을 따라 세 개의 동굴을 찾아 나설 것이다.

첫 번째 동굴은 천산공원에 있었다. 다섯 개의 산봉이 수탉 모양으로 줄지어 선 천산의 서봉에 남북으로 뚫린 동굴이 있는데 그 동굴이 복파 장군이 쏜 화살로 뚫렸단다. 그런데 화살 하나로 뚫은 구멍치고는 너무 크다. 폭과 높이와 길이가 20~30m는 족히 될 정도였으니까. 그런데 중국인들은 동굴이라고 부르지 않고 월암(月巖)이라고 부른다. 동굴을 통해 보이는 하늘이 달을 닮았기 때문이란다.

첩채산

계림에서 가장 높은 산이 요산이라면 계림 시내에서 제일 높은 산은 첩채산(疊彩山)이다. 그러나 제일 높다고 해서 지레 겁낼 필요는 없다. 입구에서 30분 남짓 걸어 오르면 정상에 닿을 수 있으니까.

첩채산에 오르기 전에 부근에 있는 칠성공원부터 들린다. 입구에 들어서자 낙타를 닮은 거대한 바위가 시선을 사로잡는다. 낙타산이다. 천여 년 전인 당나라 시절부터 소문난 관광지였단다. 첩채산으로 향한다. 당대(唐代)의 시인 원희는 『첩채산기』에서 '산의 돌무늬가 가로 겹쳐 있는데다 그 사이에 녹음이 펼쳐져 마치 비단 필을 겹쳐 놓은 같다.' 했고, 시인이자 장군인 천이는 '하늘에서 신선이 되어 살기보다는 계림 사람이 되어 첩채산에서 살고 싶다.'고 노래했다.

때로는 완만하고 때로는 경사가 급한 돌계단을 밟고 정상인 명월봉으로 향한다. 가는 길목에 이곳을 찾은 명사들의 사진이 걸려 있다. 레이건 미국 대통령 부부, 영국 수상, 찰스 황태자와 태자비, 영화배우 아놀드 수왈츠네거 등등 명사들이 첩채산에 올라 아름다운 풍광에 반했단다.

20분 정도 오르자 거대한 동굴이 나온다. 또 하나의 화살 구멍인 풍동이다. 남북으로 관통한 굴의 길이는 20m, 중간이 좁고 양쪽이 넓어 장구처럼 생겼다. 풍동을 떠나 가파른 계단 길을 5분 정도 오르니 정상이다. 첩첩이 둘러싼 올망졸망한 산릉 사이로 계림 시가지가 한눈에 보이고 유람선 광광으로 유명한 '양강 4호'가 내려다보인다.

양강 4호

양강(兩江)은 리강과 도화강을 말하며 4호(湖)는 당나라 때 계림의 해자를 말한다. 이후, 명나라 때 해자가 남쪽 도화강까지 확대되자 원래의 해자는 점차 하나로 이어져 늪으로 변했다. 양강 4호는 그 호수에 유람선을 띄어 관광지로 만든 곳이다.

유람선은 어둠살이 내려앉으면 출발한다. 이때쯤 되면 호수 주변은 빛의 축제장으로 변한다. 유람선이 출발하자마자 시선을 압도하는 것은 일월탑(日月塔)이다. 두 탑 중, 일탑(日塔)은 물속에 세워진 9층

매일 별거하는 부부

(41m) 높이로 세계에서 가장 높은 구리탑이다. 그 옆에 세워진 월탑(月塔)은 7층(35m) 높이의 알루미늄으로 만든 탑이다. 해와 달을 상징하는 두 탑은 붉은 조명과 하얀 조명을 받아 어둠 속에서 빛나고 있었다.

네온으로 반짝이는 수정유리교며 용계교가 나름대로의 아름다움을 자랑하고, 네 개의 호수인 싼호와 룽호, 꾸이호와 무룽호의 양안에 세워진 노천 무대에서는 소수 민족이 노래를 부르며 여행자를 환영하고 있다.

특이한 볼거리는 가마우지의 물고기 사냥. 유람선은 가마우지의 사냥터에 이르면 잠시 배를 멈추고 가마우지가 물고기 사냥하는 모습을 보여 준다. 엉뚱하게도 물에 들어가지 않으려고 도망가는 새를 어부가 강제로 잡아 물속에 던져 넣는다. 잠시 후, 물고기를 입에 물고 나오는 가마우지. 어부는 가마우지의 입에서 물고기를 낚아채 물속으로 돌려보낸다. 유람선이 떠나면 사냥도 끝. 보여 주기식의 짧은 연출이지만 여행자들은 박수를 치며 즐거워한다.

가마우지

중국인들은 물새의 일종인 가마우지를 길들여서 물고기를 잡는다. 그런데 재미있는 것은 이름이다. 가마우지의 한문 표기는 로자시(鸕鶿屎)다. 가마우지 로(鸕), 가마우지 자(鶿)에 똥 시(屎)를 보탠 이름으로 굳이 해석하자면 가마우지 똥이다. 하필이면 똥일까? '구아노'라고 부르는 가마우지의 분뇨에는 식물의 성장을 돕는 성분이 많이 들어 있어 비료로도 최상급이란다. 그래서 그 이름에 똥이라는 향기롭지 못한 글자가 들어가지 않았을까.

어부는 가마우지가 잡은 고기를 삼킬 수 없도록 끈으로 목을 졸라맨다. 가마우지의 다른 이름인 로자시의 시(屎)에는 '끙끙거리며 앓다'라는 뜻도 들어 있다. 끙끙 앓을 정도로 힘들게 일하지만 얻는 것은 보잘 것 없는 잔챙이뿐 늘 배고프다. 그래서 싫다고 저항하는 것은 아닐까. 혹자는 어부와 가마우지의 이런 종속 관계를 빗대어 우리 사회의 문제점으로 대두되고 있는 '부의 불평등'이며 '분배의 불합리성'을 연상하며 분개할지도 모르겠다.

또 하나 재미있는 이야기를 들었다. 어부들은 고기잡이 갈 때 가마우지를 쌍으로 데려간다고 한다. 그들은 암놈이 물속에 들어가면 수놈을, 수놈이 고기잡이 할 때는 암놈을 배에 남겨 둔다. 암수의 정분이 유다른 가마우지는 제 짝이 배에 남아 있는 한 혼자 도망가는 일은 거의 없단다. 배에 남은 녀석은 일종의 볼모인 셈이다.

볼모는 혈육과 연인, 친구간의 정과 사랑을 담보로 잡은 후, 핍박하는 비인간적인 행위다. 국가와 국가, 권력과 권력, 강자의 약자에 대한, 가진 자의 못 가진 자에 대한 횡포다. 그렇다고 해서 모든 볼모가 강요에 의한 것은 아니다. 주례 앞에 선 신랑 신부는 당신의 볼모가 되겠노라 스스럼없이 서약하니까. 그렇게 보면 좋고 나쁨의 차이만 있을 뿐, 모든 인간관계는 보이지 않는 계약에 의해 서로가 서로의 볼모가 되어 있는 것은 아닐까.

　　　　　　　　　　　매일 별거하는 부부

양삭

리강(離江) 유람

양삭 역시 계림 관광의 한 축을 담당하고 있지만 계림과는 또 다른 풍광을 자랑한다. 그중 가장 대표적인 것은 최고 등급인 5A급의 리강(離江) 풍경과 유람선 관광이다. 유람선을 타기 위해 도착한 곳은 초평(草坪) 마을. 풀밭이란 예쁜 이름과는 달리 산으로 둘러싸인 작은 마을이다. 그러나 초평에서 관암까지의 뱃길은 유람선 관광의 백미로 꼽히고 있다.

중국인들은 미학적인 관점에서 리강을 네 가지 유형으로 설명하고 있다. 즉, 사시장철 맑고 깨끗하여 강바닥이 훤히 들여다보이는 물은 청(淸), 기이하고 수려한 산을 뜻하는 기(奇), 그 풍경이 교묘하다는 의미의 교(巧), 때와 정소에 따라 수시로 변하는 경치는 변(變)이다.

그러나 이를 어쩌나. 어제 밤에 내린 폭우로 강물은 누런 흙탕물로 변해 계림이 그토록 자랑하는 맑은 강물 위에 비치는 푸른 산 그림자는 볼 수 없었다. 그러나 산은 말 그대로 기이하고 수려했다. 계림의 3만 6천 봉우리 중 리강 주변에만 2만 8천 개가 자리 잡고 있다니 두 말할 나위가 없겠다. 그래서일까. 유람선을 타고 내려가는 강 양안에는 기봉과 기암이 홀로이거나 무리지어 겹겹 첩첩의 산군(山群)을 이루고 있었다. 마치 더위에 지친 산이 강물에 두 발을 담그고는 제 잘난 척 으스대는 것 같다.

땅속으로

카르스트 지형이라서 그럴까. 계림에는 유달리 동굴이 많다. 크고 작은 동굴을 모두 합치면 그 수가 무려 2만 개나 된단다. 그중에서 관암동굴과 은자암동굴을 탐사하기로 했다.

여느 종유석 동굴처럼 동굴 내부는 기묘했다. 하늘에는 용이 날고, 땅에는 거북이 엎드려 있다. 독수리가 날개를 편 채 비상할 준비를 하고 있는가 하면, 첨탑처럼 솟구쳐 오른 석주 위에서는 다람쥐가 재롱을 떨고 뱀이 똬리를 틀고 있다. 밭이 있고 논이 있고 지하로 흐르는 강이 아우성치며 흘러간다. 거기에다 눈부신 오색 조명은 신비감을 더한다.

12개의 산봉을 관통하는 은자암동굴은 웅(雄), 기(奇), 유(幽), 미(美)를 모두 품고 있는 신비한 동굴로 알려져 있다. 특히 풀어 헤친 백발 마녀의 치렁치렁한 머리카락을 닮은 하얀 종유석은 신비감을 더한다. 마치 은가루를 뿌린 듯 하얗게 빛난다고 해서 은자암(銀子岩)이란 이름을 얻었단다. 그랬다. 두 동굴 속에 삼라만상이 들어앉아 있었다.

같은 종유석 굴이지만 관암동굴 탐사는 재미있다. 우선 동굴 속으로 들어가기 위해서는 엘리베이터를 타고 40m 아래에 있는 동굴 바닥으로 내려가야 한다. 엘리베이터의 전망창은 유리로 만들어져 동굴 내부가 훤히 보인다.

동굴 안에 들어선 여행자는 다시 레일바이크를 타고 동굴의 중앙 광장으로 들어간다. 이색적인 볼거리는 동굴 벽면을 따라 즐비하게 늘어선 술 항아리였다. 작은 항아리도 있고 큰 항아리도 있다. 동굴 속의 습도며 온도가 술을 숙성시키는 데 필요한 최적의 조건을 갖추고

매일 별거하는 부부

있는 까닭이란다. 동굴을 벗어나는 방법도 재미있다. 세계 기네스북에 등재된 전동 파이프 레일 자동차를 손수 운전하여 동굴을 빠져나오는 특별한 경험을 할 수 있기 때문이다.

서가래시장

잎은 하늘을 가리고 땅 위에는 그만큼 그늘이 드리웠다. 힘에 겨워 처진 가지마다 받침대를 세워 두었다. 1,400년의 수령을 자랑하는 고목이지만 아직도 푸르름을 잃지 않고 있는 용수나무로 유명한 대용수 공원을 둘러본 후, 서가래 시장으로 발길을 옮긴다.

이름이 재미있다. 서가래(西家來)라…. 서쪽 집에서 오는 손님이라면 서양 사람을 의미하지 않을까? 나의 짐작은 맞았다. 배낭족 등 유럽인들이 많이 찾으면서 자연스럽게 형성된 유럽식 자유 시장이란다. 그래서 그런지 다른 곳에 비해 유달리 코 큰 사람이 자주 보인다.

건물은 중국의 전통 양식을 따랐지만 시장 골목의 가게는 나름대로 독특한 전시물과 전시 방법으로 손님의 시선을 끌고 있다. 심지어는 계림의 명물인 오토바이 택시 기사까지도 손오공과 저팔계로 분장했다.

도자기를 비롯한 각종 공예품과 골동품을 전시해 놓은 가게, 옷과 모자, 구둣방과 액세서리 가게, 요릿집과 노천 식당, 제과점과 튀김집, 모자며 부채 등 기념품을 파는 노점상이 줄을 지어 늘어서 있다. 게다가 초상화를 그려 주는 길거리 화가와 한줌의 부추를 앞에 놓고 쪼그리고 앉아 있는 초라한 행색의 할머니까지 있으니 없는 것 빼고는 다 있다는 말이 실감난다.

상인들, 우리가 한국 사람인 줄 어떻게 알았을까. 기념품가게 아저

씨는 "아줌마 안녕하세요." 하며 손짓하고, 무슨 이벤트 활동을 하는 지 붉은 별이 달린 중공군 모자와 군복을 입은 아가씨는 "빙과, 빙과." 하며 아이스크림과 하드를 우리 앞에 내밀며 시원함으로 유혹하고 있 다. 시장 골목을 빠져나오면 리강, 이 강물 위에서 장예모 감독이 연 출한 인상유삼저 공연이 펼쳐지지만 불어난 강물 때문에 취소되었다 는 소식에 실망한다.

세외도원

인간이 꿈꾸는 이상향은 어디에 있을까. 그리스인들은 사라진 대륙 아틀란티스가 유토피아라고 믿었고, 영국의 작가 제임스 힐튼은 그의 소설 『잃어버린 지평선』에서 히말라야 산속 깊은 곳에 숨어 있는 '샹 그릴라'를 이상향으로 보았다. 중국인들에게 있어 이상향은 '무릉도원 (武陵桃源)'이다. 그러나 그곳은 바깥세상과 비슷하면서도 다른 세상 이었다. 그래서 그들은 세외도원(世外桃源)이라고 부른다.

진(晉)나라 때, 무릉의 한 어부가 고기잡이를 하던 중에 길을 잃었 다. 두리번거리던 그는 복사꽃 흐르는 시내를 발견하고 따라간다. 얼 마쯤 올라가니 작은 동굴이 나왔고 동굴을 지나가자 아름다운 마을이 눈앞에 전개되었다.

기름진 논밭, 뽕나무와 대나무가 무성하고 도화가 만발했다. 닭이 울고 개가 짖는다. 여기까지는 바깥세상과 다르지 않다. 하지만 어른 아이 할 것 없이 웃음꽃이 핀 그들의 얼굴에서 근심걱정은 찾아볼 수 없었다. 도연명이 도화원기(桃花源記)에서 그린 무릉도원의 정경이 다. 물론 지금 찾아가는 세외도원이 어부가 찾았던 전설 속의 무릉은

　　　　　　　　　　　매일 별거하는 부부

아니다. 단지 경치가 비슷한 곳을 골라 그럴 듯하게 꾸몄을 뿐이다.

세외도원으로 가는 유람선이 정박해 있는 선착장은 그야말로 인산인해. 승선권을 받았지만 한 시간 정도는 기다려야 한단다. 기다리는 동안 주변을 둘러본다. 검은 모자와 검은 옷을 입은 네 명의 동족 젊은이가 전통 악기를 연주하면서 노래하고 있었다. 그렇게 보아서 그럴까. 그들의 노래는 마지못해 부르는 듯 신명이 없다. 생기 없는 표정은 시무룩해 보이까지 한다. 그들도 놀라운 인파를 상대하느라 지친 모양이다.

우리 차례가 되어 유람선에 오른다. 맑은 물 저쪽으로 논과 밭이 보이고 그 뒤로는 계림의 트레이드마크인 기봉과 기암이 둘러섰다. 배가 호수 중앙으로 들어서자 강변 무대에서는 소수민족인 와족이 노래와 춤으로 여행자들을 환영하고 있다. 유람선이 좁은 수로로 들어서자 인공 동굴이 나왔다. 동굴을 지나가니 도화도(桃花島)라는 입간판이 세워져 있는 과수원, 나무마다 복사꽃이 만발했다. 그러나 지금은 '복사꽃 필 무렵'이 아니다. 꽃의 정체는 뭘까?

무성한 대나무 숲 옆에 세워진 전통 가옥에서는 와족 남자들이 군무를 추고, 대나무 뗏목을 탄 어부가 고기를 잡고 있다. 무릉도원의 풍경을 나름대로 재현한 것이다. 그러나 기름진 논밭이 펼쳐져 있어야 할 호수 주변에는 '옥의 티'처럼 현대식 가옥이 줄지어 서 있다. 정말 그럴듯하게 무대를 꾸미려면 그런 사소한 점도 신경 써야 하지 않을까. 되돌아 나오면 소수 민족 문화원. 베틀 앞에 앉아서 물레를 돌리는 할머니와 함께 기념사진을 찍는 것으로 세외도원 순례를 끝낸다.

우리를 안내한 가이드는 계림 관광을 이렇게 정의했다. '장가계가

위스키처럼 단번에 취하는 관광지라면 계림은 와인처럼 은근히 취하는 곳'이라고…. 정말 그랬다.

(여행 기간 2015. 5.8~13.)

매일 별거하는 부부

아이누의 나라

홋카이도

일본 열도의 맨 꼭지에 자리 잡은 북해도(홋카이도)는 이름 그대로 북쪽 바다의 섬이다. 그러나 섬이라는 이름은 붙었지만 망망대해에 떠 있는 외로운 섬을 연상해서는 안 된다. 그 넓이는 강원도를 뺀 남한 면적과 비슷하고 인구 또한 550만 명을 웃도는 일본에서 두 번째로 큰 섬이다.

홋카이도의 겨울은 지붕을 덮을 정도로 쌓이는 눈으로 해서 설국이된다. 그래서 동계 올림픽도 이곳에서 열렸다. 그런가 하면 비교적 서늘한 여름은 온갖 꽃들이 피어나서 아름다움을 다투고, 가을이면 만산홍엽을 자랑한다. 또 있다. 여기저기 솟구쳐 오른 활화산이 유황 냄새, 메케한 연기를 내뿜고 있는 불의 나라다.

오타루

러일전쟁 당시만 해도 오타루는 북해도를 대표하는 무역항이었다. 그 흔적이 남아 있는 곳이 오타루 운하다. 운하 옆으로는 과거 번영을 누렸던 시절에 세웠던 창고가 즐비하게 늘어서 있다. 밤이면 88개의 가스등이 운하를 밝혔다는 번영의 상징이었지만, 러일전쟁이 끝나면서 무역항의 기능을 잃고 점차 쇠퇴하기 시작한다. 그렇게 잊혀져 가던 오타루를 관광지로 되살린 것은 일본 영화 〈러브레터〉였다.

사랑하던 약혼자가 등산 중 조난당해 불귀의 몸이 되지만, 홀로 남은 여인의 사랑은 2년이란 세월이 흘렀지만 변하지 않고 있다. 그러던 어느 겨울날, 눈 덮인 들판에 선 그녀는 약혼자가 조난당한 산을 바라보며 울먹이며 외친다.

"오겡끼데스까⋯⋯."

(잘 지내고 있나요? 저도 잘 지내고 있어요. 오늘도⋯ 당신이 그립습니다.)

이 한 줄의 대사가 수많은 일본인들의 심금을 울렸고, 영화의 촬영지인 오타루도 덩달아 뜨기 시작하여 여행자들이 붐비는 명소가 된 것이다.

오타루 하면 빼놓을 수 없는 상품이 오르골이다. 오르골 공방을 찾아 나선다. 5층 건물인 베네치아미술관을 제외하면 대부분의 건물은 오래된 단층 아니면 이층집. 그래서 그런지 거리 풍경은 어딘지 모르게 어수선하고 허름해 보인다. 그러나 이 길에 북해도 제일의 맛을 자랑하는 빵집이 있고 찻집이 있다. 그리고 유리 공방도 여러 개 자리 잡고 있다. 제과점 앞에서는 초콜릿이며 빵, 진한 녹차를 들고 나온 여 종업원들이 시식을 권유하며 여행자들을 유혹하고 있었다.

시간 여유가 있으니 바쁠 것도 없다. 아내와 나는 한가로운 여행자답게 이 가게 저 가게를 기웃거리다가 유리 공방에 들어간다. 조명을

매일 별거하는 부부

받아 반짝이는 유리 제품들이 눈을 부시게 한다. 그러나 생각보다 가격이 비싸다. 예술 작품이라서 그럴까?

오르골 전시장 앞에는 세계 최초의 증기 시계를 볼 수 있다. 캐나다의 밴쿠버와 이곳에만 있는, 세계에서 두 개뿐인 시계탑이다. 캐나다가 100년 전에 선물한 이 시계는 15분마다 한숨을 쉬듯 증기를 내뿜으며 음악까지 들려준다.

오르골당으로 들어간다. 발 디딜 틈도 없을 만큼 붐비는 전시장 안에는 15,000여 점의 오르골이 저마다의 음색과 독특한 모양을 뽐내며 주인을 기다리고 있었다.

삿포로

동계올림픽이 열렸던 삿포로는 북해도 인구의 절반가량인 250만 명이 거주하는 정치, 행정, 경제의 중심 도시다. 북해도대학교의 전신인 북해도 농대의 연병장이었던 자리에 세워진 시계탑을 둘러본다. 미국 보스턴의 하워드사에서 120년 전에 제작한 이 시계는 지금까지 한 번의 부품 교환도 없었지만 쉬지 않고 돌아간단다.

시계탑에서 멀지 않은 곳에 오오도리 공원이 있다. 겨울이면 눈 축제, 여름이면 맥주 축제가 열리는 곳이다. 오오도리는 대통로(大通路)라는 뜻이니 자동차가 질주하는 차도와 차도 사이에 조성한 공원을 말한다.

푸른 잔디밭과 예쁘게 꾸민 꽃밭, 에펠탑을 닮은 방송타워와 분수, 춤추는 여인들의 조각상이 세워진 공원에서는 라일락 축제가 열리고 있었다. 그런데 이곳의 라일락꽃은 우리나라에서 흔히 볼 수 있는 꽃보다는 송이도 크고 향도 진하다. 공원의 분수대 앞에 앉아 잠시 라일락 향기에 취한다.

삿포로에서 가장 많은 시간을 보내며 생각에 잠긴 곳은 홋카이도청 구청사(舊廳舍)였다. 1,888년 250만 개의 붉은 벽돌을 사용하여 미국풍의 바로크 양식으로 지은 이 건물은 아카렝카(붉은 벽돌)이라는 애칭으로 불리고 있다. 넓은 연못이 있는 정원에는 안개벚나무와 천엽벚나무 등 다양한 종류의 벚나무가 자라고 있었다. 모두가 거목이다.

개방된 건물의 내부 전시물을 둘러보면서 나는 알 수 없는 비애를 느낀다. 그도 그럴 것이 이 건물은 개척이란 미명하에 희생된 아이누의 수난사를 상징하기 때문이다.

북해도의 원주민은 아이누족이다. 문자는 없었지만 그들만의 언어를 사용하며 고유의 문화와 전통을 지켜 가고 있었다. 그들은 떼를 지어 몰려오는 연어와 청어를 잡았고 숲속의 곰과 초원의 사슴을 잡으며 평화롭게 살고 있었다. 그런 북해도를 노린 것은 화인(和人, 홋카이도 남쪽의 일본인)들이었다.

그들은 동북 지방의 아이누들을 정복한 뒤 경제적인 수탈을 시작한다. 아이누들도 당하고만 있지는 않았다. 그들은 코샤마인 전쟁, 샤쿠샤인 전쟁을 일으키며 저항했지만 역부족이었다.

그 후, 화인들은 아이누에게 일본어 사용과 일본 풍습을 따를 것을 강요했다. 민족 동화 운동을 펼쳐 저항하는 원주민을 죽이고 강제로 이주시켰다. 그 결과, 순수한 아이누족의 혈통은 끊어졌고 약 5만 명

매일 별거하는 부부

정도로 추산되는 아이누족과 화인들의 혼혈인만 남아 그 명맥을 이어가고 있다.

그런데 화인들은 홋카이도를 침공하면서 개척(開拓)이라는 핑계를 됐다. 아이누족을 복속시키고 땅을 빼앗는 과정을 개척사라고 자랑스럽게 말한다. 그래선지 구청사 지붕 위 팔각탑에는 그 시절에 사용했던 푸른색의 개척기가 지금도 휘날리고 있다. 그러나 아이누에게 있어 그 깃발은 피와 눈물의 상징 아닐까.

시라오이

'옛날, 이렇게 넓은 홋카이도는 우리 선조들의 자유천지였
습니다.'   (『아이누신요집』 서문 중에서)

비운의 종족 아이누의 민속촌과 민족박물관을 둘러본다. 뒤로는 '코탄의 숲' 앞으로는 '포로토호수'. 그 사이에 조성된 민속촌은 박물관과 공연장 등 억새며 갈대로 엮은 여섯 동의 건물이 줄지어 서 있고, 휴게실과 카페, 체험관 등의 부속 건물이 마주 보고 있었다. 아이누족의 아이누는 '사람'이란 뜻이다.

그 '사람'의 흔적을 찾아 민속촌에 들어서면 수염을 기른 마을 촌장의 거대한 조각상이 시선을 압도한다. 또 다른 조각도 있었다. 순하디 순한 표정으로 미소 짓고 있는 희색 곰과 금방이라도 공격할 듯이 앞발을 들고 으르렁거리는 검은 곰의 조각상이다. 그야말로 당근과 채찍이다. 화인들이 북해도를 점령할 때 이 두 가지 수법을 적절히 활용

하지 않았을까.

아이누들이 입었던 의상이며 도구, 고기를 잡거나 사냥하는 모습을 조형물로 만들어 재현해 놓은 민족박물관을 둘러본 후, 민속 공연장으로 들어간다. 네모난 화덕이 무대 한가운데 자리를 잡았고 벽에는 왕골로 만든 자리를 둘러놓았다. 그보다 신기한 것은 공연장 천장에 매달아 놓은 수백 마리의 훈제 연어였다. 지난해 가을에 잡은 것이란다. 그들은 이 연어를 무대 장식으로 사용한 뒤, 관광객에게 판매한다.

공연이 시작되었다. '곰의 영혼을 보내는 춤'이며 '학춤'과 '검무', 또 아이누의 전통 악기인 '뭇쿠리(대나무로 만들어 입으로 연주하는 악기)' 소리도 흥미로웠지만, 늙은 할머니가 애기 인형을 업고 부르는 자장가는 우리를 우울하게 했다. 그 자장가를 들을 순수한 아이누족의 아이들은 더 이상 태어날 수 없는 까닭이리라.

노보리베츠

일본의 3대 온천지구로 유명세를 떨치고 있는 노보리베츠의 관광 1번지는 '지옥 계곡'이다. 히요리산의 분화 활동으로 생긴 직경 450m의 황량한 골짜기에는 연기만 피어오른다. 그 풍광이 마치 지옥 같다고 해서 지옥곡이란 이름이 붙었다.

계곡 안으로 길게 조성된 탐방로를 따라 지옥에 발을 내딛는다. 지옥이 정말 이럴까? 짙은 유황 냄새가 코를 찌르고 이곳저곳에서 쉴 새 없이 연기가 뿜어 나온다. 그뿐이랴, 유황에 젖어 검은색을 띤 황화철 바위가 무수히 흩어져 있어 외계 행성에 온 것 같은 느낌을 준다. 늙은 화산이 지르는 목쉰 비명일까. 군데군데 뚫린 작은 구멍 깊숙한 곳에서 울려나오는 그르렁거리는 소리에 마음이 떨린다.

탐방로 끝에 '뎃센이케'라는 간헐천이 있다. 온천수가 보글보글 끓어오르는 작은 웅덩이지만 때가 되면 맹렬하게 수증기를 내뿜는단다. 여기서 나온 온천수가 잿빛의 작은 시내를 이루어 흘러내리고 있다. 밤이면 도깨비 축제가 열리는 지옥 계곡에도 이름 모를 야생화가 피어 한들거리고 있었다. 마치 구원의 메시지처럼.

도야

처음에는 평탄한 보리밭이었다. 우체국장이었던 밭 주인 마사오 씨가 어느 날 밭으로 나가 보니 땅이 조금 솟아오른 것 같다. 그 후 갈 때마다 조금씩 솟아오르는 밭을 본 마사오 씨는 관찰 일기를 쓰기 시작했다. 1,943년, 그렇게 조금씩 융기되어가던 보리밭은 마침내 연기를 내뿜기 시작했다. 보리밭이 높이 408m의 화산으로 변한 것이다. 그 산이 쇼와신산이다.

검붉은 바위, 유황 냄새, 갈라진 바위 틈새로 뿜어 나오는 연기. 그러나 뜨거운 열기로 해서 가까이 갈 수는 없고, 산자락에 조성된 공원에서 바라만 볼 수 있다.

니시야마 분화구는 2000년 3월 31일, 우수산이 폭발하면서 생긴 분화구다. 이 폭발로 해서 6개월 동안 화산재가 뿜어 나왔고 마을 하나가 통째로 내려앉았다. 가까이 내려가면 융기되어 솟아오른 땅, 갈라진 도로, 동강난 전신주, 용암에 파묻힌 가옥 등 당시의 참상과 화산의 위력을 실감할 수 있다지만 시간이 허락하지 않아 먼발치에서 내려다본 후, 아쉬운 마음으로 발길을 돌린다.

불과 놀았으니 이젠 물을 찾아갈 시간이다.

도야호(湖)는 화산 폭발로 생긴 칼데라 호수 중에서는 일본에서 세 번째로 넓은 호수다. 호수 가운데 4개의 섬이 솟아 있는 이 호수의 둘레는 50km, 평균 수심은 117m에 달한다. 뛰어난 경관으로 해서 G8 정상회담이 열리기도 한 도야호 일대는 홋카이도 3대 경관의 하나로 손꼽힌다.

유람선을 타고 호수 탐사에 나선다. 디즈니랜드 만화에 나오는 중세기의 성을 본뜬 첨탑이 전후좌우에 세워진 유람선은 바쁠 것 하나 없다는 듯이 거울같이 잔잔한 물 위를 미끄러지듯이 움직인다. 뒤따라오는 갈매기들. 선객들이 먹을거리를 던지자 잽싸게 낚아챈다. 너무 많이 먹어선지 뒤룩뒤룩 살이 쪘다. 선상 관광 시간은 1시간 남짓. 유람선은 호수에 떠있는 니카노섬의 산림박물관 앞에서 잠시 머물다 선착장으로 되돌아온다.

사이로 전망대에 오른다. 기념품을 파는 매점을 지나가면 도야호가 한눈에 내려다보인다. 넓고 시원한 경치가 유람선에서 보는 것과는 또 다른 느낌을 준다.

삿포로로 돌아오는 길은 환상적이었다. 좌우의 낮은 산릉은 울창한 숲, 도로 옆으로는 넓은 밭이 펼쳐져 있다. 일본이 자랑하는 후지산을 닮았다는 요테이산(1,898m)이 보인다. 산정은 구름에 덮여 보이지 않았지만 골짜기마다 쌓인 눈이 백발 마녀의 풀어헤친 머리카락을 연상하게 한다.

　화산 폭발은 한 세계의 끝이자 새로운 세계의 시작이다. 그렇다면 폭발 이전의 이곳 풍광과 생태계는 어떠했을까. 무엇이 사라졌고 무엇이 새로 탄생했을까.

　영국의 과학자 제임스 러블록은, 지구는 단순한 암석 덩어리가 아니라 생물과 무생물이 상호 작용을 하면서, 스스로 진화하고 변해 가는 하나의 생명체이자 유기체라는 가이아 이론을 주창했다.

　가이아는 고대 그리스인들이 대지의 여신을 일컫는 이름이다.

　이번 홋카이도 여행은 '불의 고리'를 찾아다니는 여정이었다. 그래서일까? 가이아 이론이 새삼 그럴듯하다. 세계 도처에서 일어나는 지진과 화산 폭발은 인간의 무분별함으로 고통받는 지구의 몸부림이자 한숨인지도 모르니까.

(여행 기간 2017. 5. 25~27.)

울지 않는 새

나라, 교토, 오사카

일본의 오사카, 나라, 교토는 세 도시를 연결하는 삼각형의 정점에 자리 잡고 있다. 게다가 도시에서 도시까지 이동하는 시간이라고 해야 1시간 10분 남짓이라서 오사카를 여행하는 사람들은 나라와 교토를 묶어서 둘러본다.

바다를 매립하여 조성한 오사카의 간세이공항에 도착한 뒤, 곧바로 나라현으로 이동한다. 신무천황이 일본 최초의 국가를 세워 아스카 문명을 꽃피우게 한 도시다. 그래선지 일본인들은 나라를 '마음의 고향'으로 받아들이고 있다.

나라

주변 면적의 78%가 산림이라서 그런지 도심의 공기조차 청량하다. 도로변 보행로에는 사슴들이 저네들의 산책로처럼 어슬렁거리고, 쌈지공원마다 무리 지어 풀을 뜯고 있다. 보행자도 사슴에 대해서는 무관심하고 사슴도 사람을 친구 보듯 한다. 그래서일까. 시내버스마다 사슴이 그려져 있다. 이곳에 살고 있는 사슴만 해도 1,200마리에 가

매일 별거하는 부부

깝단다.

동대사

높이 48.74m, 정면의 폭 57.01m인 동대사(東大寺)는 세계 최고 최대의 목조 건물로 세계 문화유산에 등재되어 있다. 그뿐이랴, 세계 최대 크기의 청동 불상까지 안치되어 있어 더욱 유명세를 타고 있다. 게다가 한국에서 전래된 불교를 쇼무왕이 받아들여, 고구려의 설계와 백제의 재정적 지원과 신라의 기술로 건조되었다는 이야기도 전해 오고 있어 더 흥미롭다.

거대한 목조 사천왕이 눈을 부릅뜨고 있는 남문을 지나 대불전(大佛殿)에 들어서면 검은 빛의 거대한 청동 불상이 참배자를 주눅 들게 한다. 불상의 높이 14.98m, 머리 크기 5.33m, 귀의 길이 2.54m, 목 길이 1.02m에 달하는 거대한 불상이 3.05m의 대좌 위에 앉아 근엄한 표정으로 참배객을 내려다보고 있다.

불상의 콧구멍 넓이는 지름 30cm. 그 콧구멍을 통과한 사람에게는 액운이 사라지고 좋은 일만 생긴단다. 하지만 불경스럽게도 불상의 콧구멍 속으로 직접 기어 들어갈 수는 없는 일 아닌가. 그래선지 불상 옆에는 커다란 기둥이 세워져 있고 아래쪽에는 불상의 콧구멍 크기만 한 구멍이 뚫려 있다. 기둥 앞에는 구멍을 통과하여 액운을 피하고 싶어 하는 사람들이 줄을 서서 자기 차례를 기다리고 있었다.

사슴의 도시답게 동대사 마당에도 수많은 사슴들이 어슬렁거리고 있었다. 녀석들은 머리를 쓰다듬어도 피하지 않는다. 게다가 기념사진을 찍으려는 관광객의 모델도 기꺼이 되어 준다.

절 입구에는 사슴이 즐겨 먹는 과자를 파는 가게가 있다. 과자를 사들고 나오면 먼저 접근하는 것이 사슴이다. 행여 주지 않고 그냥 가면 줄 때까지 따라다닌다. 심지어는 손이나 옷을 물고 늘어지기도 한다. 어차피 줄 것 빨리 주고 가라는 나름대로의 독촉이다. 그런데 왜 이렇게 사슴을 보호하고 있을까? 신화에 의하면 아득한 옛날, 일본을 건국한 천황이 하늘에서 내려올 때 사슴을 타고 왔다는 전설 때문이란다.

대불전 지붕 위에는 금빛 물고기 한 쌍이 얹혀 있다. 두 차례의 대형 화재로 피해를 입은 동대사 나름대로의 처방이다. 물고기가 노는 곳은 물, 물은 불타지 않으니까.

교토

교토는 서기 794년, 나라에서 교토로 수도를 옮긴 뒤 1,100년간 일본의 정치, 경제, 문화의 중심지였다. 그래선지 세계 문화유산만 해도 17곳이나 된다. 그중에서도 여행자들이 즐겨 찾는 곳이 청수사(淸水寺)다.

청수사

청수사 가는 길 좌우에는 오래된 건물들이 어깨를 걸고 있었다. 모두가 상점이다. 게다가 서너 집에 불과한 기념품 가게를 제외하면 모두가 떡집이다. 그리고 떡집 앞에는 시식용 떡을 들고 나온 점원이 유혹의 손짓을 하고, 여행자들은 같은 것 같으면서도 미묘하게 차이 나는 떡 맛을 음미하는 즐거운 시간을 갖는다.

서기 778년, 나라에서 온 승려 엔진이 세운 자그마한 암자로 시작한 청수사는 1637년 도쿠가와 이에야스의 손자 에미쓰가 중창한 후 오늘에 이른, 일본을 대표하는 사찰 중의 하나다. 특히 139개의 기둥 위에 세워진 본당의 모습은 너무나 특이하여 세계 문화유산에 등재되었다.

붉게 단청한 기둥을 만진 후 자신의 귀를 쓰다듬으면 일 년 내내 좋은 소식만 들린다는 산문을 지나가면, 지금까지 보지 못했던 특이한 모양의 탑과 법당이 여행자들을 맞이한다. 탑이며 법당의 지붕은 까맣고 가로세로 얽힌 서까래와 기둥은 모두 붉은색이다. 하지만 벽은 눈부시도록 하얗다. 그 검고 붉고 하얀색으로 단장한 건물이 절을 둘러싸고 있는 신록의 푸르름과 어울려 절묘한 조화를 이룬다.

절의 부속 건물도 재미있다. 11면 천수관음상의 모신 본당을 나와 가파른 계단을 내려가면 세 줄기 폭포수가 떨어지는 작은 소(沼)가 있다. 이름은 폭포지만 물줄기에 가깝다. 첫째 폭포의 물을 마시면 건강해지고, 둘째 폭포수는 사랑의 꿈을 이루어 준단다. 마지막 폭포수는 지혜의 물이다. 그러나 여기에도 조건이 있었다. 무엇을 선택할지는 자유지만 하나만 선택해야 소원을 이루어 준단다. 욕심에 대한 경계다. 무슨 소원이 그리 많을까? 폭포수 가는 길에는 수많은 참배객들이 줄을 서 있었다. 그래서 물맛 보기를 포기한다.

정성껏 기도하면 깨끗한 재물만 얻게 해 준다는 불상을 모신 법당도 있고, 자식의 안녕을 위해 탑돌이 하며 기도하는 자안탑(子安塔)도 세워져 있다. 그러나 이런저런 소원 모두 버리고 신록으로 물든 청수사 둘레길을 한 바퀴 도는 것만으로도 마음이 청량해지는 느낌을 받는다.

아리시야마

또 다른 볼거리를 찾아 아리시야마로 발길을 돌린다. '비밀의 정원'을 숨겨 놓은 세계 문화유산 천룡사를 둘러본 뒤 노노미야 신사(神社)를 찾는다. 인연을 맺어 준다는 신사다. 그래선지 젊은 연인들의 모습도 눈에 많이 띈다.

천 년 전, 일본의 여류 작가 무라사키 시키부가 지은『겐지 이야기』속에 노노미야 신사가 등장하는 것을 보면 신사의 역사 또한 천 년을 훌쩍 뛰어넘었음을 알 수 있다. 특히『겐지 이야기』는 일본 고전 문학의 최고 걸작 중의 하나로 평가받고 있다. 잠시 작품 속으로 들어가 보자.

천황의 아들로 태어난 겐지는 평생에 걸쳐 세 여인만을 사랑했다. 돌아가신 자신의 어머니, 황제의 후궁으로 들어와서 양어머니가 된 후지츠보, 그리고 무라사키노 우에, 그 세 사람이다.

양어머니에게 반한 겐지는 아버지 몰래 끈질기게 구애한다. 마침내 그녀를 유혹하는 데 성공하여 아들까지 낳게 하지만, 양심의 가책을 느낀 후지츠보는 궁전을 떠나 불가(佛家)에 귀의한다.

그 후, 겐지는 후지츠보와 헤어진 아픔을 달래기 위해 수많은 여인과 관계를 맺지만 남는 것은 언제나 공허함뿐이었다. 그러던 어느 날, 40세의 겐지 앞에 14살 소녀 무라사키노 우에가 기적처럼 등장한다. 게다가 그녀는 양어머니 후지츠보를 판박이처럼 닮았다. 그 후, 두 사람은 열정적인 사랑을 이어 가지만 겐지는 어쩔 수 없는 사정으로 자신의 질녀인 온나산노미야와 마음에 없는 결혼하게 되고, 좌절한 우에는 겐지 곁을 떠나기로 결심한다.

매일 별거하는 부부

그 작별의 장소가 노노미야 신사다. 인연을 맺어 주는 사랑의 신사에서 이별하게 만든다는 설정은 얼마나 역설적인가. 그러나 사랑하는 까닭에 헤어지는 경우도 허다한 게 인생이다. 사랑과 이별, 그 모두가 인연 때문이니까.

노노미야 신사를 둘러싸고 있는 울울창창한 대나무 숲으로 들어서자 싱그러운 대나무 향이 몸속으로 들어와 심신을 맑게 한다. 일렁이는 댓잎 사이로 올려다 보이는 조각하늘을 보며 무라사키 시키부를 다시 생각한다. 그녀도 노노미야 신사를 참배한 뒤, 이 대숲을 거닐며 작품을 구상했을까?

오사카

도톤보리

일본인들은 오사카 사람들을 일컬어 '먹다가 죽을 사람'이라고 표현한다. 그만큼 식도락 문화가 발달했다는 뜻일 게다. 그래서일까? '맛의 거리'로 유명세를 떨치고 있는 도톤보리에는 수많은 음식점이 자기 나름대로의 별미와 별식을 자랑하며 여행자들을 유혹하고 있었다.

오사카에서의 첫날 밤, 패키지 여행이지만 그날 저녁만은 자유식이란다. 가이드는 우리를 도톤보리 입구에다 풀어 놓은 뒤 식사는 알아서 해결하란다. 게다가 비까지 추적추적 내리고 있다. 그러나 비야 오건 말건 인파는 넘쳐나고 거리는 불야성을 이루고 있었다.

글은 모르고 말도 통하지 않는다. 어느 집에 가서 무얼 먹을까? 난감한 기분으로 이 집 저 집 기웃거린다. 그런데 다행스럽게도 식당마다 출입문 앞에 자기 집에서 추천하는 음식의 사진을 걸어 놓았다. 모르면 사진을 보고 선택하라는 뜻인 모양이다.

음식 사진에다 '大滿足'이라는 한문을 도장처럼 찍어 놓은 식당이 보인다. 사진을 들여다보니 돌솥밥 같은 것도 보이고, 생선회며 불고기 같은 그림도 보인다. "그래 바로 여기야."

창가에 자리 잡은 아내와 나는 주저 없이 '대만족'을 찜했다. 음식값이 조금 비싸다 싶었지만 옛말에도 있잖은가. '물건을 모르면 돈을 많이 주라고.'

나오는 음식을 보니 우리식의 푸짐함은 없었다. 그저 요것도 조금, 저것도 조금이어서 남길 게 하나도 없다. 서너 개의 생선 꼬지, 숙주나물과 같이 볶은 소고기 몇 점, 연어와 소라를 비롯한 회 몇 점이 나온다. 대만족치고는 생각보다 아니다 싶었을 때 돌솥밥이 나왔다. 그런데 이게 일품이었다. 문어를 듬성듬성 썰어 넣은 돌솥밥은 간까지 딱 맞아 다른 반찬이 필요 없을 정도였다.

식사를 마친 아내와 나는 비에 젖은 도톤운하(運河) 위를 미끄러지듯 떠다니는 유람선을 보며 식후경을 즐긴다. 그런데 예상치 못한 사태가 벌어졌다. 옆자리를 차지한 일본인 가족 때문이었다. 그들은 들어오자 말자 담배를 피워 댄다. 우리나라 같으면 당장 벌금 이야기가 나왔을 정도로 연기며 냄새가 심하다.

담배 연기라면 질색을 하는 아내가 참다못해 여종업원을 불렀다. 일본말이라고는 '스미마생'과 '오하이오 고자이마스'밖에 모르는 아내지만 손짓발짓을 보태 열심히 설명했다. 저 손님 담뱃불 좀 끄게 해 달라고…. 그러기를 한참, 무슨 말인지 충분히 이해했다는 듯이 고개를

매일 별거하는 부부

까딱이며 미소를 짓는 종업원. 그런데 웃지 마시라. 잠시 후 그녀가 가져다준 것은 재떨이였다.

오사카성

거리 구경도 좋지만 오사카의 산하에 드리우고 있는 영욕의 역사를 살펴보려면 오사카성으로 가야 한다. 오사카성은 1583년, 일본을 통일한 도요도미 히데요시가 축성한 성으로 구마모토성, 나고야성과 함께 일본의 3대 성이다. 축성 당시에는 요도강에 이를 만큼 거대한 성이었지만 소실된 후, 천수각을 비롯한 일부 성채만 재건하여 공원으로 조성했다.

서기 1500년대의 일본은 하루가 멀다 하고 피비린내 풍기는 전투가 벌어진 전국시대였다. 그 혼탁과 살육의 시대에 세 사람의 영웅이 등장하니 곧 오다 노부나가, 도요토미 히데요시, 그리고 도쿠가와 이에야스였다. 그러나 영웅은 영웅이되 세 사람의 성격은 너무 달랐다. 한동안 일본에서 유행했던 화두가 있다.

"울지 않는 새가 있다면 어떻게 하겠느냐."라는 질문을 던졌을 세 사람의 대답은 이러했을 거란다.

오다 노부나가－"쓸모없는 것, 단칼에 죽여 버리겠다."

도요도미 히데요시－"어떻게 해서든지 울게 만들겠다."

도쿠가와 이에야스－"울 때까지 기다리겠다."

그랬다. 이 문답이 세 사람의 성격을 그대로 나타내었고 그들의 운명 역시 그 대답을 벗어나지 못한다.

먼저 오다 노부나가 이야기. 그는 명문가의 아들로 태어나서 당시의 집권 세력인 아시카가 막부를 무너뜨리고 전 국토의 절반 가까이를 점령한 뒤, 자신의 지배하에 둔 사실상의 전제 군주로써 일본 통일의 여건을 조성한 신화적인 인물이었다.

그는 결단력 있고 다재다능했지만 불같은 성격이었다. 게다가 오만무도한데다 제멋대로인 남자였다. 그러니 정적도 많을 수밖에 없다. 결국 오른팔처럼 믿었던 부하 아케치 마스히데의 배신으로 전투에서 패배하자 자살로 생을 끝낸다.

"무슨 방법을 쓰던 새가 울게 만들겠다."던 도요도미 히데요시는 어떤 인생길을 걸었을까? 가난한 농부의 아들로 태어난 그는 양아버지의 학대로 가출한 뒤 여러 직업을 전전하다가 오다 노부나가의 가신으로 들어간다. 신발 당번이며 말 당번 등 하찮은 일을 도맡아 하는 동안 타고난 영악스러움과 아부 근성, 그리고 뛰어난 재치로 노부나가의 신임을 받아 장군의 지위에까지 오른다.

히데요시에게 기회가 왔다. 노부나가가 마스히데의 배신으로 자살했다는 소식을 들은 그는 노부나가의 복수를 기치로 내세워 군사를 일으킨다. 그리고 전광석화와 같이 마스히데를 격파한 뒤 여세를 몰아 오사카까지 점령하여 전국을 통일한다.

무소불위의 권력자가 된 도요도미 히데요시, 그러나 그런 그도 마음대로 할 수 없는 일이 있었다. 자식농사다. 전하는 바에 의하면 히데요시는 22명의 처첩을 거느렸다고 한다. 그러나 그 많은 여인 중 어느 누구도 임신하지 못했다. 그러나 기적과 같은 일이 생겼다. 기다리고 기다리던 아들을 얻은 것이다. 54살의 중늙은이에게 아들을 낳아 준 여인은 누구였을까.

오다 노부나가의 가신 시절, 히데요시는 절세미녀인 노부나가의 여동생 오이치를 짝사랑하고 있었다. 그러나 마음에 드는 사람이 있다고 해도 마음대로 결혼할 수 없는 것이 그 시대 여인들의 운명이었다. 그녀 역시 노부나가의 정적인 아사히 나가마스와 정략결혼을 한 뒤 세 딸과 두 아들을 낳는다.

나가마스와 오이치가 죽은 뒤, 히데요시는 엄마를 빼닮은 오이치의 큰딸 요도기미를 측실로 맞아들였다. 그 요도기미가 아이를 낳은 것이다. 하지만 아이는 세 살을 넘기지 못하고 죽는다. 또 한 번의 기적, 요도기미는 두 번째 아들 히데요리를 낳았다. 그러나 호사다마라 했던가? 아들이 6살 나던 해였다.

이슬같이 사라지는 내 인생
나니와의 영화도 꿈속의 꿈일 뿐

이라는 회한에 찬 유시를 남기고 히데요시는 63세를 일기로 세상을 떠난다.

임종하기 전, 히데요시는 도쿠가와 이에야스를 비롯한 다섯 중신들을 불러 어린 아들이 스무 살이 될 때까지는 어떤 일이 있더라도 보호해 주겠다는 맹세를 하게 한다. 그들은 그 맹세를 지켰다. 그러나 히데요리가 스무 살을 넘기자 생각이 달라진다. 그 중신 중에서 가장 세력을 키운 사람이 "새가 울 때까지 기다리겠다."던 도쿠가와 이에야스였다.

현대의 일본인들은 도쿠가와 이에야스의 '인내의 리더쉽'을 높이 평가하지만 에도시대에는 달랐다. 그를 음흉하고 교활한 '살쾡이 영감'으로 평가 절하했다. 아무튼 그는 성년이 된 히데요리에게 오사카성을 나와 항복하라고 최후통첩을 보낸다.

그 제안을 일언지하에 거부하는 히데요리와 어머니 요도기미, 분노한 이에야스가 무차별 공격을 시작하지만 난공불락의 오사카성 아닌가. 수차례의 공격에도 실패하자 이에야스는 평화 협정을 제안했고, 협정의 조건 중의 하나가 공성의 최대 장애물이던 해자를 매립하는 것이었다.

궁지에 몰린 히데요리가 그 제안에 동의하자 모든 일은 이에야스의 뜻대로 진행되었다. 해자가 매립되자, 평화 협정 같은 건 헌신짝처럼 내던진 이에야스는 노도와 같이 덮쳐 성을 점령한다. 항복하면 편안한 여생을 보장하겠다는 이에야스의 회유를 끝내 거부하는 요도기미와 히데요리. 분노한 이에야스는 두 사람에게 죽음을 선사한다.

할복자살할 것을 명령하며 그가 던져 준 칼을 받아 들었을 때, 두 사람이 느낀 감회는 어떠했을까? 두 사람이 자살한 자리에는 초라한 돌비석 하나만 남아 인생무상을 얘기하고 있었단다. 그랬다. 오사카성에서 들은 영웅들의 이야기는 한바탕 덧없는 꿈이었다.

당시의 백성들은 요도기미를 동정했다. 그래서 오사카 들판을 적시며 흐르는 강도 그녀의 이름을 따서 요도강으로 부르기 시작했다. 아무러하나 이로써 100년에 걸친 전란의 시대는 끝나고 이에야스의 막부 정권이 250년 평화 시대의 문을 연다.

오사카성 안에는 도요토미 히데요시를 모신 신사가 있다. 우리에게는 임진왜란을 일으킨 나쁜 사람으로 각인되어 있지만 일본인들에겐 출세와 재물의 신으로 대접받는다. 낮은 자리에서 태어나 가장 높은 자리에까지 오른 인물이니까. 예나 지금이나 출세와 재물은 젊은이들의 꿈이다. 그래서일까. 이 신사에서 결혼하고 싶어 하는 연인들이 줄을 선단다.

푸른 기와지붕, 하얀 벽을 장식한 금장식이 햇빛을 받아 반짝이고 있는 8층짜리 천수각 앞 정원에는 1970년에 개최한 엑스포를 기념하여 묻어 둔 타임캡슐이 있다. 캡슐의 개봉은 서기 6970년. 무려 5000년 후다. 이 캡슐이 열렸을 때 일본은 어떻게 달라져 있을까. 세상은 또 어떤 물줄기를 타고 어디로 흘러가고 있을까.

(여행 기간 2018. 5. 8~10.)

사가의 망부석
사가현(縣) 둘러보기

　국내외를 막론하고 유명 관광지 방문은 피곤하다. 인파에 묻혀 구경하려 온 건지, 구경시켜 주려고 온 건지 구분이 안 될 경우가 허다하니까. 이국땅에서 역사의 뒤안길을 한가롭게 걸으며 자신을 돌아볼 수 있는 그런 여행지는 없을까? 궁리하고 있는 나에게 지인이 권유한 곳이 일본 규슈의 사가현이었다. 사가현? 생소한 지명이다.

　검색해 보니, 일본의 47개 현 중에서 가장 작은 현으로 인구 또한 85만 명에 불과하단다. 인파가 몰릴 만큼 유명한 관광지도 없다. 그렇다면 우선 깨끗하고 조용할 것 같다. 시간에 쫓겨 발을 동동거릴 이유도 없을 것 같다. 낙점.

　김해공항을 떠난 지 불과 50분 남짓, 사가 공항에 도착했다. 시골 공항이라서 그런지 한적하다. 입국 수속을 받는 동안에도 한국어에 능통한 직원을 배치하여 친절하게 안내한다. 때문에 공항에서 언어 장벽으로 인한 불편은 느낄 수 없었다.

　도로는 쾌적했다. 띄엄띄엄 다니는 자동차, 하얀 구름이 점점이 떠 있는 맑은 하늘, 길을 따라 흐르는 시냇물, 작은 연못들, 삼나무와 전나무 그리고 대나무가 어우러진 울창한 숲, 검은색 단층 목조 건물이 옹기종기 모여 있는 시골 마을, 이곳에서는 미세 먼지 걱정은 하지 않아도 좋을 것 같아서 부러웠다.

성(城)

먼저 방문한 곳은 사가성의 혼마루역사관. 에도시대 말기에 지어진 사가성혼마루 저택을 복원하여 박물관으로 사용하고 있다.

당시의 영주였던 나베지아의 동상 옆을 지나 성안으로 들어간다. 사가성의 변천사에 얽힌 자료 전시실을 비롯하여 성주의 집무실 등 넓은 다다미방들이 차례로 모습을 드러낸다. 관내에 깔린 다다미 숫자만 해도 700여 장. 새로 깐 듯 다다미 냄새가 풋풋하다. 사족 하나, 일본에서는 우리처럼 집이 몇 평이냐고 묻지 않고 다다미 몇 장 집에 사느냐고 묻는단다. 성주도 성주 나름일 터. 다다미 700장 성주의 위상은 어느 정도였을까.

400년 전까지만 해도 우뚝우뚝 솟아오른 144개의 성(城)이 일본의 상징처럼 되었지만 지금은 겨우 12개만 남아 옛이야기를 들려주고 있다. 1602년 가라쓰 지방을 통치하던 데라사와 히로타카가 축조한 가라츠성도 그 중의 하나다.

에도 막부에서 메이저 정부로 바뀔 때 무사 정권의 상징이었다는 이유로 해체되었다가 1966년에 재건된 성이다. 5층 건물의 지하에는 이지방의 역사를 짐작할 수 있는 미술품 등 자료가 전시되고 있다. 바닷가 언덕 위에 세워진 성의 별칭은 무학성(舞鶴城). 성의 형상이 춤추는 학을 닮아서란다.

성을 둘러보기 위해서는 231개의 계단을 밟고 오르거나 케이블카를 타야 한다. 케이블카 이용은 유료다 그러나 70세 이상은 무료란다. 한국 관광객은 어떨까. 여권을 보여 주니 시원하게 통과시켜 준다. 경로에 관한 한, 국적은 문제가 되지 않았다.

요시노가리 역사공원

700년 전까지 이 지방을 지배했다는 야유이 시대의 흔적을 찾아 요시노가리 역사공원을 찾아간다. 셔틀 버스를 타고 돌아보아야 할 만큼 넓은 유적지 중에서 3구역을 선택한다. 그들의 생활상을 엿볼 수 있는 곳이다. 먼저 북분구묘, 역대 왕이나 그에 버금가는 사람들이 매장된 묘다. 나무관이 아니라 항아리 속에 시신을 안치한 것이 특이하다.

북내곽과 남내곽을 둘러본다. 마을은 적의 침공을 막기 위해 끝을 뾰족하게 깎은 통나무 울타리로 둘러싸여 있다. 마을 안으로 들어간다. 높이 솟은 망대에 올라 전경을 내려다본 후, 곳곳을 둘러본다. 나무와 억새로 지은 집은 모두 반지하다. 여름은 시원하고 겨울에는 따뜻하게 지내려는 야유이들의 지혜란다.

왕의 집이며 왕비의 집, 대신의 집들이 재현되어 있었지만 크게 다르지 않다. 단지 왕의 집 입구에는 굵은 나무 기둥을 대문의 문틀처럼 세워 놓았고 그 위에는 나무로 조각한 두 마리의 새가 파수꾼처럼 앉아 있다. 뿐만 아니라 다른 집과는 달리 용마루의 양 끝이 뾰족하게 올라갔다. 아마 그게 권위의 상징이었던 모양이다.

계단을 밟고 실내로 들어가면 실물 크기의 야유이상이 여행자들을

매일 별거하는 부부

맞이하고 있다. 왕과 왕비, 시중드는 하녀와 하인들이 역할에 따라 배열되어 있어 그들의 생활을 짐작하게 한다.

오가와치야마 도자기 마을

마을을 둘러싸고 있는 산세는 험준했다. 들어오는 입구를 막으면 나갈 길이 없을 것 같다. 왜 이렇게 깊은 골짜기에 마을을 조성했을까? 정유재란 당시 사가번의 시조인 니베시마 나오시게에게 포로로 끌려간 조선의 도공이 만든 도자기는 질 낮은 도기밖에 만들 줄 몰랐던 일본인의 눈에는 경이로운 것이었다.

당시, 현재의 사가현 아리타에서 질 좋은 백령토가 발견되자 사가는 일본 도자기 생산의 중심지가 된다. 그들은 아리타에서 오타와치야마로 가마를 옮기고 기술이 다른 곳으로 새어 나가지 않게 철저하게 관리했다. 그들 눈에는 이곳이 비밀을 유지하기 위한 최상의 장소로 보였던 모양이다.

도공들은 사망한 후에도 마을을 벗어나지 못했다. 산자락에 조성된 도공들의 공동묘지가 그들의 애환을 증언하고 있었으니까. 그래서일까. 이곳에서 생산된 질 좋은 도자기는 다이묘며 장군 등 귀족들에게만 진상되었고 일반인들은 구경조차 할 수 없었단다. 끌려온 조선의 도공들은 고국으로 돌아가지 못하고 일본에 정착한 채, 대를 이어 도자기를 만들며 살아간다. 그 도공 중에서 백파선은 아리타 도자기의 어머니로 추앙받았고, 스에야마신사에는 아리타 도자기의 시조로 숭배하고 있는 이삼평을 모시고 있다. 포로의 신분을 벗어나 일본인의 신이 된 것이다. 그렇다면 그들이 포로가 된 것은 비극일까. 행운일까.

골목골목을 누비며 마을을 구경한다. 가게마다 명품 도자기들이 즐비하게 전시되어 있다. 우리의 백자며 청자에 비해 문양이며 채색이 화려하다. 유럽 도자기의 영향을 받아서란다.

사요 히메

사가현 가라쓰 만의 바닷가에는 넓게 펼쳐진 소나무 숲이 있다. 방풍 방조림이다. 길이 5km, 넓이 1km에 달하는 이 숲에는 기묘한 형상을 한 백만 그루의 소나무가 자라고 있다. 일본의 3대 송림으로 꼽히며 '무지개송림'이라고 불린다. 그러나 너무 넓다. 숲을 한눈에 내려다보고 싶다면 카가미산의 경산공원(鏡山公園) 전망대로 가야 한다.

전망대에 서니 산과 바다와 소나무 숲이 한눈에 내려다보인다. 그러나 전망대에서 바라보이는 풍광 못지않게 내 시선을 사로잡은 것은 바다를 바라보고 있는 한 여인의 동상이었다. 동상의 주인공은 사요 히메.

백제 의자왕 말기, 나당연합군의 침공으로 절체절명의 위기에 처한 백제를 구원하기 위해 사이메이 천황은 군사를 파견했다. 그러나 백강전투에서 왜군이 패배하자 백제는 멸망의 수순을 밟기 시작한다. 그때 출정한 용사 중에 시데히꼬라는 준수한 청년이 있었다. 그는 촌장의 딸인 사요 히메의 약혼자였다.

시데히꼬가 탄 배가 부두를 떠나자 사요 히메는 높은 곳에서, 더 높은 곳으로 자리를 옮겨가며 지켜보지만 배는 그녀의 시선을 벗어나

　　　　　　　　　　　　　　매일 별거하는 부부

아득히 사라진다. 그 후, 출정한 군사들이 전멸했다는 소식을 들은 그녀는 바다를 보며 7일 밤낮을 통곡했다. 그 울음소리를 타고 그녀의 영혼은 떠났고 몸은 돌이 되고 말았단다. 일본의 3대 비련의 주인공인 사요 히메의 전설이다.

다케오 신사

다케오 신사(神)社)는 3,000년의 수령을 자랑하는 녹나무로 유명하다. 신사 입구를 지키고 있는 두 그루의 아름드리 편백나무가 시선을 끈다. 2m 남짓 떨어져 있지만 한 뿌리에서 자란 나무란다.

두 나무는 붉은 끈으로 연결되어 있었고 나무 앞에는 맺을 결(結))자를 새긴 조형물까지 세워 놓았다. 그런데 이 나무를 배경으로 부부가 같이 사진을 찍으면 내세에서도 부부가 되어 다시 만난다는 전설이 내려오고 있단다.

일본 도교의 살아 있는 신으로 추앙받고 있는 녹나무를 찾아간다. 다께오 신사를 지나 울창한 편백나무와 대나무 숲 사이로 뚫린 오솔길을 벗어나자 눈앞에 3,000년의 세월을 이겨온 녹나무가 보인다.

신목이라고는 하지만 너무 늙었다. 아니 늙었으니 신목이다. 몇 아름이나 될 것 같이 굵은 나무둥치에는 구멍이 뻥뻥 뚫렸고 그 구멍에는 지나온 세월의 덧없음이 그대로 들어앉아 있는 것 같다. 어떻거나 일본인들이 이 녹나무를 찾는 이유는 나무의 기(氣)를 받아들이기 위해서란다.

노이린지

노이린지는 3,000여 개의 개구리 석상을 모아 놓은 개구리 절이다. 주지가 전 세계를 돌아다니며 수집한 개구리 형상의 돌을 진열해 놓았다. 그래서일까. 절문을 들어서자 말자 온통 개구리 세상이었다. 큰 개구리도 있고 작은 개구리도 있다. 흰 개구리가 있는가 하면 검은 개구리도 있다. 그뿐이랴 법당 입구도 거대한 목조 개구리가 지키고 있다. 흔히 하는 말처럼 발에 차이는 것이 개구리였다.

개구리 옆에 있는 불전함에도, 개구리 조각의 발치에도 동전이 수북이 쌓여 있다. 개구리가 절을 먹여 살리는 형국이었다. 그런데 터무니없어 보이는 이 절에 사람들은 왜 찾아오는 것일까.

개구리를 뜻하는 명사 '카에루'는 돌아온다는 동사 '카에루'와 발음이 같다. 개구리는 다산의 상징이다. 그래서 아이가 없는 부부는 자식 하나 점지해 달라는 소원을 빌고, 재물을 잃은 사람은 이 절에 와서 떠난 재물운이 다시 돌아오기를 기원한단다. '카에루'에는 떠난 여행객이 돌아온다는 의미도 담겨 있을 것이다. 언제쯤 이곳에 다시 올 수 있을까.

(여행 기간 2019. 6. 2~4.)

매일 별거하는 부부

매일 별거하는
부부

ⓒ 장재화, 2023

초판 1쇄 발행 2023년 5월 20일

지은이   장재화
펴낸이   이기봉
편집   좋은땅 편집팀
펴낸곳   도서출판 좋은땅
주소   서울특별시 마포구 양화로12길 26 지월드빌딩 (서교동 395-7)
전화   02)374-8616~7
팩스   02)374-8614
이메일   gworldbook@naver.com
홈페이지   www.g-world.co.kr

ISBN   979-11-388-1903-9 (03810)